Eva Viežnaviec

WAS SUCHST DU, WOLF?

Roman

Aus dem Belarussischen
übersetzt von Tina Wünschmann

Paul Zsolnay Verlag

Die Originalausgabe erschien 2020 im
Verlag Pflaumbaum, Minsk.
Mit Unterstützung der S. Fischer Stiftung

S . F I S C H E R
S T I F T U N G

1. Auflage 2023

ISBN 978-3-552-07336-4
© Eva Viežnaviec, 2020
This translation is published by arrangement
with TAA Pflaumbaum
Alle Rechte der deutschsprachigen Ausgabe
© 2023 Paul Zsolnay Verlag Ges. m. b. H., Wien
Satz: Nele Steinborn, Wien
Autorinnenfoto: © Dirk Skiba
Umschlag: Anzinger und Rasp, München
Motiv: © Chudakova Nastasya
Druck und Bindung: CPI books GmbH, Leck
Printed in Germany

MIX
Papier | Fördert
gute Waldnutzung
FSC
www.fsc.org   FSC® C083411

WAS
SUCHST
DU,
WOLF?

I.
HEIM ZUM GRAB

Wenn du in der öffentlichen Toilette den Korken der Weinflasche mit dem Schlüssel eindrückst und ihn dann ableckst, damit kein Tropfen verloren geht, brauchst du dich vor nichts mehr fürchten. Vor allem, wenn es der Schlüssel zum Nirgendwo ist.

Ryna leckte den Schlüssel ab, dann schlürfte sie routiniert so, dass der Korken nicht nach oben schwamm und der Wein in die Kehle floss. Alkoholismus hat, wie jede Beschäftigung, seine Geheimnisse und verlangt nach Übung. Ryna saß in der Toilette des Einkaufszentrums und bemühte sich, geräuschlos zu trinken, damit es in den Nachbarkabinen nicht zu hören war.

Die Geschichte des weiblichen Alkoholismus wird in öffentlichen Toiletten geschrieben. Sie sind die Wegpunkte jeder städtischen Alkoholikerin. Dorfalkoholikerinnen haben ihre Orte und Verstecke überall. Tanja Goldlibelle zum Beispiel bewahrte ihre Flaschen auf Apfelbäumen auf und aß beim Trinken Äpfel, ohne sie zu pflücken. Alle Apfelbäume hingen voller angebissener Früchte.

Das kühle, grünlich schimmernde Moselwasser, gekauft noch in Darmstadt und aufgespart bis Warschau, flutete die trockene Vorhölle und verwandelte Böses in Gutes. Ryna trat aus der Kabine und ging zum Waschbecken. Ohne in den Spiegel zu schauen, hielt sie die Hände unter den Wasserstrahl. Der Höhepunkt hält nicht lange an, daher muss man, solange man bei Sinnen ist, prüfen, ob Dokumente, Tickets, Portmonee und

Telefon noch da sind. Um den Schlüssel musste sie sich nicht mehr sorgen. Arbeit und Wohnung in Deutschland hatte sie verloren, und zu Hause gab es keine Schlüssel. Die Großmutter hatte weder Schloss noch Schlüssel, nur einen Haken an der Tür. Am alten Neujahr hatte die Alte endlich ihre Seele dem Herrn übergeben, im 101. Lebensjahr, ohne dabei die Ahnjescha Adolfawa zu schlagen, die zu Weihnachten 1912 geboren und an Johanni Enthauptung 2014 gestorben war, was 102 Jahre und sieben Monate macht. Jetzt konnte man auf die Paraska setzen, die von allen die Leidenschaftlichste war.

Als Großmutter Darafeja starb, war sie fast blind und dürr wie eine Bohnenstange, aber bei vollem Bewusstsein und Kräften. Ryna kümmerte sich zu dieser Zeit um alte Deutsche statt um ihre Großmutter. Darin liegt eine gewisse Vollendung, ein geschlossener Kreis. Wir sind auf Gedeih und Verderb mit den Deutschen verbunden; was dabei gut und was böse war, verwischt am Ende und wird bedeutungslos. Nach den Ferien kündigten sie Ryna im Pflegeheim, wegen der Trinkerei. Im Übrigen hatte sie längst gespürt, dass das Leben sie in den Hintern trat und es Zeit war, nach Hause zurückzukehren. Nun hatte es sich so ergeben, dass sie keine Wahl hatte. Wie ein Katzenjunges hatte man sie in einen Sack gesteckt, ihn zugeschnürt und trug sie nun in die heimischen Mariensümpfe.

Alles ist in Ordnung. Zeit, zum Zug zu gehen. Der Moselwein hält anderthalb Stunden an, danach kann man schon sparsam in der Zugtoilette nachlegen. In zwei Stunden kommt die Grenze, dort muss man kaugummikauend und unbescholten den Grenzsoldaten und Zöllnern in die Augen schauen können. Ryna trat aus der Toilette und ließ den Blick über die Besucher des Einkaufszentrums schweifen. Die Glücklosen waren in der Menge leicht zu erkennen. Dieser Junge dort hasst seine Pickel und Blüten, er versteckt sein Gesicht hinter Haaren und Kapuze. Die Alte da ist zum Bahnhof gekommen, um unter Menschen zu sein. Sie hat offenbar keinen Ort, wo sie sonst hingehen kann. Wie auch die zwei Teenie-Mädchen, die durch Bahnhöfe und Einkaufszentren schwärmen und in Toiletten und Tiefgaragen Liebe machen. Und da sind auch die Landsleute – ein Häuflein Gastarbeiter mit abgetragenen Jeans und ihrem eigenen Alkoteint. Alkoholiker sehen die Welt immer vom dunklen Abgrund aus. Um an der Oberfläche zu bleiben, muss ein bestimmtes Maß an Trunkenheit gehalten werden, sonst wird alles unerträglich. So ist die Realität dieser Krankheit.

Übung ist alles. Puder ins Gesicht, auf der Toilette Zähne putzen, Kaugummi in den Mund, Frisur mit Wasser richten. Reaktionen drosseln und mäßigen. Gefühlsschaukel bremsen, keine Duselei, kein Ärger. Nicht schwanken. »Fischers Fritze fischt frische Fische« – die Aussprache geht erst viel später in die Binsen, wenn die Grenze schon vorbei ist. Dann ist auch der letzte Tropfen Mosel fällig, um die Ankunft in der Heimat zu feiern. Jedes große Ereignis verdient einen ordentlichen Schluck, die Rückkehr nach Hause ist stets unvergesslich. Ob nun per Flugzeug, Auto oder Zug, immer fühlst du, wie direkt hinter der Grenze die Luft schwerer und feuchter wird, Geräusche ausflocken und ersticken, die Gerüche dafür intensiver werden, als würdest du auf den Grund eines unsichtbaren Sumpfes oder Teiches sinken. Gleich hinter dem Grenzübergang das graue Rückgrat des Waldes, graphitfarbene Streifen am Himmel, Schnörkel eines Vogels über dem Forst. Gut ausgedacht und ausgeführt. Dahinter beginnt das Land – Sonne, Himmel, Strohballen, gefällte

Bäume, angestrichene Steine, Panzer und Steinsoldaten. Und die Toiletten. In belarussischen Toiletten fällt selbst das Trinken schwer – die Seele erträgt es nicht. Schmutzige Stoffknäuel an den Rohren, rostige Bächlein im Waschbecken, Gestank, absolute Leere – weder Papier für dich noch Seife.

Der Minsker Bahnhof ist reich an Hühnerbeinen und billigen Büchern. Was braucht man auch sonst für die Reise? Rynas Telefon saugte lange Blut aus dem Notebook, erwachte aber dennoch nicht zum Leben. Vielleicht hatte es Wein abgekriegt, das passiert. Welchen Unterschied machte es auch? Wen sollte sie anrufen, wem schreiben? Der einzige Mensch, mit dem man im Moment sprechen müsste, lag mit gefalteten Händen da, die Nase zum Himmel aufgerichtet. Besser nicht denken. Ryna spürte langsam die Nüchternheit aufsteigen, eine innere Leere zog auf. Dazu noch der Minsker Bahnhof – ein höllisch trister Ort. Den Mittelpunkt der einer riesigen Scheune gleichenden Empfangshalle bildete eine Rolltreppe, der ein französischer Cancan zum Leben fehlte – tanzende Mädchen, die zu Gelächter und Musik ihre Beine in die Höhe werfen und Saltos schlagen. Die wehenden Federn und Tüllspitzen würden vielleicht auch die Reisenden und die taubengrauen Milizionäre beflügeln. Vielleicht würde es aber auch niemanden kümmern. Ein emotionsloses Volk, Gesichter wie beim Möbius-Syndrom. Weder lebendig noch tot. Wie Wasser im Mund. Wie brennendes Nass. Wie ein stiller Sommer. Das menschliche Gesicht wird von 34 Muskeln gesteuert. Vielleicht möchten die hiesigen Menschen diese Muskeln nicht bei jeder Miene, jedem Lächeln beanspruchen. Doch das bemerken nur Touristen, wer hier lebt, findet es *normal*. Das Schlüsselwort ist *normal*. »*Es ist normal für mich, auch Belarussin zu sein*«, wie eine Frau bei einer Straßenbefragung sagte, ohne auch nur mit der

Wimper zu zucken. In einer Kultur des Überlebens muss die Mimik minimalistisch sein.

Moselwein erfordert einen guten Nachfolger, einen, der die Stimmung hält, den euphorischen Rausch. Zum Beispiel einen Liter Grapefruitsaft und hundert oder 150 Gramm klaren Schnaps. Ryna begab sich in die Toilette im Untergeschoss, die immer sauber und freundlich war und von lebenserfahrenen und gleichgültigen Tanten betreut wurde. In den Kabinen wurde geraucht, getrunken, sich umgezogen, umgepackt und der Teufel weiß was noch. Man müsste sich schon am Kleiderhaken aufhängen, um Aufmerksamkeit zu erregen. Ryna rührte also hurtig ihren Wodkasaft an und saß gleich darauf schon im Vorortzug, der durch Erlenwälder und zarte Kiefernhaine ruckelte, bis er schließlich am hintersten Ende des ausklingenden Wintertages anhielt. Saretschscha. Die kleine Brücke, die Häuschen, die Kiefern auf der ehemaligen Militärsiedlung. Die Siedlung stand teilweise leer, nur in einem der Wohnblöcke befand sich noch eine Unterkunft für alte und arme Menschen, daneben eine lichte Tanne, geschmückt mit Watte und Aluminiumfiguren aus den 1960ern und 1970ern: ein Schwan, ein Eichhörnchen, ein Hahn, ein gläserner Kosmonaut und ein Maiskolben. Eine der Pflegerinnen hatte die Figuren von zu Hause mitgebracht, um jene zu erfreuen, die sich hier mit Alter und Gebrechen plagten. Wie Natascha, die auf den Zaun gestützt dastand und wartete. Sie wartete jeden Tag auf die Ankunft des Vorortzuges, um die Passagiere anzusprechen: »Sind Sie aus Leningrad? Mein Papa kommt aus Leningrad!« Die feiste Natascha hatte nur vier Zähne und lächelte sparsam, als spiele sie Hühnchen-putt-putt-putt. Natascha liebte alles Violette, und auch jetzt umhüllte eine geräumige violette Daunenjacke ihren Körper, auf dem Kopf trug sie ein violettes Tuch mit grünen Rosen und silberglänzenden Lurexstreifen.

– Hast du es, fragte sie hoffnungsvoll.

Ryna zog aus ihrem Rucksack eine violette Tasche und aus der Tasche einen fliedergrauen Lippenstift.

– Und hast du es, Natascha?

– Ich hol es gleich! Will nur schauen, ob mir der Lippenstift steht. Wenn er gut ist, hol ich es, wenn nicht, dann nicht!

Natascha drehte den kleinen Zylinder, so dass der fliederfarbene Stift hervorkam, und schaute mit stummem Entzücken auf die perlmuttfarbene Pomade. Um sie zu kaufen, hatte Ryna in schwarze Löcher eintauchen müssen, in denen die Neunziger überlebt hatten. Schließlich fand sie in einem heruntergekommenen Lädchen in Poznań eine Schachtel mit preisreduzierten Lippenstiften. Perlmuttern, grau, taubenblau, rosarot und lilafarben. Der Ladenbesitzer wollte Ryna die ganze Schachtel für zehn Złoty verkaufen, doch wohin damit? Natascha würde sie wohl nie verbrauchen können. Sie wurde immer schwächer und soff, ihr Körper zerfiel förmlich von den starken Medikamenten, Ryna kannte diesen Tod aus dem Altenheim.

Natascha schob sich eilig zu ihrem Wohnblock hinüber, Ryna blieb unter den Kiefern zurück und wartete auf den Bus. Schlürfte von ihrem Elixier. Ihr gefiel, wie die fahlen Sonnenstrahlen durch die vereinzelten Kiefern über der Militärsiedlung flirrten, wie das Hundegebell langsam verstummte. Weit entfernt ein Geräusch, als würde jemand mit einer Eisenstange auf ein hohles Metallfass trommeln. Der Bus Saretschscha–Lipjen war also nicht weit. Holt sie es, oder holt sie es nicht?

Gibt sie es her oder nicht? Letztlich musste man auf die Entscheidung des Schicksals vertrauen. Im Grunde stand Ryna diese Entschädigung von Natascha zu. Sollte ihr zustehen.

Ryna hatte sich schon auf einen Fensterplatz gesetzt, als Natascha auftauchte. Die violette Frau lief auf ihren dicken Beinen in Schneestiefeln auf den Bus zu. Sie steckte Ryna ein Päckchen zu, in goldenes Schokoladenpapier gewickelt und mit einem tiefroten Bändchen verschnürt.

Ryna küsste Natascha auf ihre schwammige, weiche Wange und steckte das Päckchen ein. Alles lief nach Plan. Wenn du alles verloren hast, kann es nur noch bergauf gehen.

Aus dem Busfenster sah sie in einem dürren Gebüsch einen aufgehängten Hund. Nummer eins. Wenn eine Heilerin begraben wird, braucht es sieben Tode, kleine und große. Eigentlich wollte Ryna nicht an die Lehren der Daroschka denken, da sie nicht an sie glaubte, und selbst wenn, würde das doch nichts ändern und vor nichts retten. Deshalb waren sie die Erinnerung nicht wert. Und doch drängten sie bei jeder Gelegenheit in den Kopf, denn die Darocha wusste mehr als jede Heilerin im Umkreis von hundert Werst, in alle Himmelsrichtungen. Sie schrieb alles mit einem blauen Kopierstift auf, vielleicht dem letzten auf der Welt. Niemand schrieb mehr mit diesen chemischen Bleistiften, aber die Großmutter besaß einst eine ganze Schachtel davon – dick wie Stämme, kantige Kopierer, mit denen sie ganze Hefte vollschrieb. Für wen? Ryna interessierte ihre »Wissenschaft« nicht, andere Enkel hatte die Alte nicht, wer also sollte das Geschreibsel einer blinden Alten entschlüsseln.

Die Hefte beschriftete die Großmutter auf Russisch mit »Darafeja Sawkowna Sirasch«, damit es bedeutender klinge. Dass ihr Vatersname auf Russisch Sawitschna hieß, wollte ihr nicht in den Kopf. – Sawitschna!, schimpfte Daroschka, als wäre ich eine Eule! Selber Sawitschna. Was bringen sie euch bloß bei! Ich war im Schreiblernpunkt und in der Schule, ich weiß selbst, wie man schreibt!

– Großmutter, fragte Ryna, warum schreibst du dann aber Sawkowna? Schreib doch Sawauna, dein Vater war doch als Sawa getauft.

– Den Sawa hat er nicht verdient, der Mörder, Sawka muss reichen!, antwortete die Großmutter.

Tatsächlich hatte niemand sie jemals Darafeja Saukauna genannt. Man rief sie Darocha, Daroschka oder Darochna, und dazu noch Drumeben, weil sie so stets ihre Belehrungen beendete: »drum eben«.

Diese Drumebens fanden sich auch in ihren chemischen Aufzeichnungen, einmal blau, einmal grau. Die Anilinstifte musste man ab und zu anlecken, damit sie schrieben. Nur ging dadurch auch ihr Gift in den Körper über. Man bezahlte also für die eigenen Schriften mit dem Leben, und das Geschriebene war voller Speichel, wie ein Schwalbennest. Es ekelte und sorgte Ryna gleichsam, wie eine Metapher. Sie schenkte der Alten Kugelschreiber, Federhalter, und gar ihre ersten Filzstifte, die der Vater weiß der Teufel woher bekommen hatte, als sie in die erste Klasse kam, waren ihr nicht zu schade. Die Großmutter akzeptierte sie nicht. Ob es ihre Anilinschriften noch gab? Und den blauen Sessel, den der alte Lemesch noch vor dem Krieg gebaut hatte? Und ihren Krückstock?

Wenn man kein eigenes Fahrzeug hat, kommt man nach sechs Uhr abends aus Lipjen nicht mehr weg. Lipjen erstarrt, trennt sich von der Welt, legt seinen breitstirnigen Schädel auf die Pfoten seiner Straßen, um es herum versinken die Wälder im Schwarz, und die Dörfer leuchten matt. Wysokaja Bjerwa, Sabjarwetschscha, Abtschynjez, Pljusna, Pjeratok, Pjel, Smalhawok, Wolaje Maloje und Wjalikaje. In der Dämmerung kam Ryna mit dem eisernen Trog an und schaffte es gerade noch, in die Blechgurke Lipjen–Wostryja Jelki umzusteigen. Das bedeutete, dass sie die letzten sieben Kilometer in der Dunkelheit zu Fuß zurücklegen musste. Natürlich hätte sie den Vater anrufen können, damit er sie abholt, aber wozu Menschen stören, die sich auch so bis zum Umfallen abrackern und zusätzliche Mühe nicht gebrauchen können. Für wen sollte Vater seinen alten Schiguli anwerfen? Für Ryna-Obdachlos, die zwar im reichen Deutschland gearbeitet hatte, zur Beerdigung aber keinen Rubel mitbrachte?

Der Bus hielt in Wostryja Jelki. Selbst an einem Winterabend war es hier nicht schwer, sieben Kilometer zu Fuß zu gehen: Alle Wege sind Dämme, aufgeschüttet winden sie sich über den trockenen Torfmorast wie Wetterfische. Und wenn der Weg sich über den Wald erhebt, ist es selbst in der tiefsten Nacht nicht unheimlich. Nur am Karalicha, wo sich drei Schüler im Auto des Vaters totgefahren hatten, war es unheimlich: Dort leuchteten zwischen den Kiefern die weißen Tücher an den Kreuzen hervor, und es schien, als stünden die drei Jungen in weißen Hemden dort. Ryna hatte immer Angst, eine leicht belegte Stimme zu vernehmen: »Haben Sie mal 'ne Kippe?« Der Junge, der den Unglückswagen gesteuert hatte, war Kettenraucher gewesen. In der feuchten Winterluft würde seine Stimme vollkommen dumpf klingen, wie durch Watte.

Deshalb machte Ryna einen Abstecher in die Bar *Wasiljok* und nahm noch einen Grapefruit-Schnaps. So muss das sein. Hinter Karalicha kam auch noch Perawesnaje, wo es spuken soll. Einmal haben die Leute einen herrenlosen Schafbock gesehen, einmal den alten Harwata, der schon seit Jahren auf dem Friedhof von Famin Roh liegt. Die heimischen Sümpfe ließen den alten Vagabunden nicht los. Und Tanja Goldlibelle, die immer mit dem Fahrrad von Nauhalnaje nach Wolaje fuhr, hatte dort einen Ziegenmelker gehört. Vielleicht sollte man Tanja aber doch nicht vertrauen – sie hatte auch einmal erzählt, dass sie nachts von einem grauen, feuerdurchwirkten Klumpen verfolgt wurde. Damit ging sie sogar zur Großmutter und bat, sie irgendwie davon zu erlösen, weil sie eine Heidenangst habe. Sie spure, dass der Klumpen sie auserwählt habe und irgendetwas will. Obwohl die Großmutter Tanja riet, beim Schnaps weniger zuzulangen, gab sie ihr dennoch etwas mit, eingewickelt in eine karierte Heftseite und mit Kopierstift beschriftet »gegen tödlich Angst und Traum«. Ryna glaubte nicht sonderlich an solche Dinge, aber im Angesicht der Nacht und des Fußmarsches zu einer Toten sah alles anders aus. Sie fürchtete die drei Jungen, den alten Harwata und die Wölfe, die pausenlos durch Perawesnaje liefen, zur Kadaverhalde. Doch im Kolchos starben so viele Tiere, dass die Wölfe vermutlich keinen Appetit auf die schnapsdurchsetzte Ryna hatten.

All diese Gedanken begannen in ihrem Kopf zu schwirren, als sie sich vollkommen allein im Dunkel und Dunst des feuchten, frostarmen Winters wiederfand. »O Schnäpschen, mein Schätzchen, halt warm mir das Köpfchen.« Diesmal nahm Ryna einen großen Schluck, lang und grob wie eine Kordel. Auf Englisch hätte man diesen Schluck »keen« genannt. O ja, das war er, kühn. Aber doch kontrolliert. Gegen die Angst soll er helfen, aber hinfallen will man auch nicht. Sonst würde man sie wie Hrynja finden, der nicht weit von der Kreuzung erfroren war, zwischen den Gräben, die Jacke über den Kopf gezogen, so dass der Rücken nackt war.

Huu, was für dumme Gedanken. Aber kein Wunder, in Rynas Kopf gab es eine Karte der Verstorbenen. Eine alte Karte, ungefähr von 1920. Die Großmutter erinnerte sich, wer wo gestorben oder umgekommen war, an welchem Ort und wie er gefunden wurde und was man darüber erzählt hatte. Zwei Kriege und neun Mächte hatte die Alte überlebt und ihre Enkelin nicht mit Erzählungen geschont. Ryna erschien es, als sei sie selbst 102 Jahre alt und habe im Kopf eine Karte der Tode, Stammbäume ganzer Dörfer und die unnützen »Lehren« der Großmutter bis zum Abwinken. Ryna dachte oft darüber nach, weshalb das Schicksal es gefügt hatte, dass sie in ihren nicht mehr jungen Jahren nichts Nützliches wusste, in den letzten zwanzig Jahren nichts in der großen, reichen, glänzenden Welt erreicht hatte, dafür aber liebte und bewahrte, was sie in diesem armen, verlassenen Winkel in den ersten zwanzig Jahren ihres Lebens erlebt hatte. Und ob das nicht der Grund für ihre Niederlage war: keine Familie, kein Zuhause, kein Beruf, nur aufrechter Alkoholismus.

Zu diesem Thema verfügte die Drumeben über reiche Praxis und ihre anilinerne Weisheit: »Schnaps und den ganzen Müll hat der Teufel gemacht. Er sah, wie Gott die Erde schuf, schnappte sich ein Stück und versteckte es in der Kehle. Gott sprach: Was isst du da? Der Satan schluckte den Brocken herunter, er begann in ihm zu gären, und er spuckte aus. Der Sumpf ist der Auswurf des Teufels. Und als Gott den Menschen das Wasser gab, schnappte sich der Teufel auch etwas und versteckte es im Mund. Gott sprach: Was trinkst du? Und der Satan lachte und spuckte aus. Und der Schnaps ist der Auswurf des Teufels.«

– Großmutter, sagte Ryna zu ihr, du bist doch gebildet, Orka und Pawel haben dich im Schreiblernpunkt unterrichtet. Wozu schreibst du all diese Dinge?

– Orka mochte das. Er schrieb auch alles über die Dörfer auf. Nur ist alles verbrannt und nichts von ihm geblieben. Und Pawel war nicht wie du. Er war Kommunist, baute die Kleinbahn in Wostryja Jelki, gründete den Schreiblernpunkt für die Alphabetisierung und die Schule, fuhr den ersten Traktor und baute eine eigene Mühle für die Genossenschaft.

In Gedanken und Erinnerungen versunken, bemerkte Ryna gar nicht, wie die sieben Kilometer verstrichen.

Der unkundige Mensch gelangt auf einem Weg nach Nauhalnaje, der kundige findet sieben Wege. Nauhalnaje steht an der Grenze der Mariensümpfe und der Skordyna-Sümpfe, und obwohl sie seit langem ausgetrocknet sind, gibt es in den Wäldern und Weiden tiefe morastige Augen, Vorsümpfe, bewachsen von messerscharfem Riedgras, Gürtel von Schlehengestrüpp, die Wälder und Felder durchschneiden und davon zeugen, dass hier einst eine Wohnstatt war, ein entsiedelter Hof. Der unkundige Mensch wird sich nicht durch Morast und Sumpf kämpfen, sondern betritt Nauhalnaje auf der hellen, hohen Schotterstraße, wo ihn ein großes Eisenschild mit der Aufschrift »Herzlich willkommen im Agrarstädtchen Nauhalnaje!« begrüßt. Unter dem Schild liegen zwei blau angestrichene Feldsteine. Den meisten mögen diese Steine egal sein, doch die alte Daroschka meinte, dass einer von ihnen der kriechende Stein vom Bestrix-Gut sei, der andere der Schwurstein von der Quelle am Weißen Pfahl. »Solange sie nicht zurückgebracht werden, wird es kein Leben geben«, schwor die Großmutter. »Dieser hier sollte bei Bestrix liegen, beim alten Birnbaum und dem Keller, der zweite, dort, wo er hingehört, bei der Quelle. Solange sie hier liegen, mit eurem Mist beschmiert, ist alles vergebens!«

– Großmutter, sagte Ryna, diese Steine hat vor hunderttausend Jahren die Eiszeit hierhergebracht, irgendwo aus Schweden.

– Alles ist vergebens, wiederholte die Großmutter. Schau, diese Vertiefung, in die ihr jetzt euren Scheiß abladet und raucht. Dort legte man früher Münzen hin und eiserne Rubel, und Tuch, und ein Häuflein Zucker, oder Honig und Korn in Schüsselchen, und eiserne Kreuzlein, oder die Katholiken Rosenkränze, und sie legten Schwüre ab und machten Versprechungen! Dieser Stein hat so viele Menschen geheilt! Sein Platz ist an der Quelle zum Weißen Pfahl. Und du sei nicht blöd und sitz nicht hier herum, nimm lieber zwei Vogelbeeräste, umwickle sie mit diesem Kraut, aber die Blätter dürfen auf der Unterseite keine roten Flecken haben, binde es mit einer Schnur zu, und leg es vorsichtig seitlich unter den Stein, so dass niemand es sieht. Na, und selbst wenn sie es sehen, denken sie bloß, dass es ein Kinderstreich ist. Doch der Stein gewinnt Kraft. Er muss bei Kräften bleiben, bis alle Dummköpfe gestorben sind und das Wasser diese Farbe abgewaschen hat, diesen Dreck.

– Unter den kriechenden Stein auch?

– Der kriechende Stein wandert selbst oder geht unter die Erde, sorg dich nicht. Am Bestrix, damit du's weißt, war ein Hof, da lebten die Dsjaschkowitschs, und der alte Dsjaschkowitsch hat jedes Jahr nachgemessen. Dieser Stein hat sich im Jahr um einen halben Meter wegbewegt. Und als sie Bestrix im Jahr 56 entsiedelten, weinte der Alte, bis er fast blind war, damit sie auch den Stein mit nach Nauhalnaje nahmen. Die Paraska holte ihn mit dem Traktor, aber besser, sie hätte es nicht gemacht. Der Alte starb trotzdem bald, er konnte nicht mit Menschen leben, war die Abgeschiedenheit gewohnt. Und der Stein kriecht weg von hier, denk immer daran.

Hat man die Steine passiert, kommt man zur Bushaltestelle, von der einmal am Tag der Bus nach Lipjen fährt. Dann breitet sich in Form eines Kreuzes Nauhalnaje aus – eine kurze Straße geradeaus und eine lange Straße quer dazu. Heute hat Nauhalnaje 322 Höfe, zwei Geschäfte – *Meine Heimat* und *Anemone* –, eine Schule, ein Amt, eine Sauna, eine Post, einen Kindergarten, eine Ambulanz und zwei Friedhöfe – den Alten Jüdischen und den Neuen. Auf dem Alten Jüdischen werden nur noch selten und nur sehr alte Menschen auf eigenen Wunsch beerdigt. Der Friedhof war von 1964 bis 1972 geschlossen, erst seitdem wird auf dem Neuen beerdigt. Der Jüdische ist wirklich alt, hier stand schon 1776 eine Kirche, seit 1882 zwei drei Meter hohe

Eichenkreuze zu Ehren zweier Geistlicher. Nach jeder großen Überschwemmung gab die hiesige Erde geschwärzte Kopeken aus der Zarenzeit, Kreuze, Steine mit Aufschriften und gebrandmarkte Ziegel aus der Ziegelei Krywy Kruk frei. Ryna hatte einmal einen solchen Ziegel nach Hause gebracht (damals wohnte sie noch bei den Eltern und nicht bei der Großmutter), und die Mutter hatte geweint und sie verflucht, dass sie »Sachen vom Friedhof bringt, auch noch nach dem Mittagessen, wo der Tag sich wendet«, der Vater sagte, dass er ihr den Ziegel so gegen den dummen Kopf schlüge, dass die Marke KK7 auf der Stirn zurückbliebe. Ryna schwor, den Ziegel auf den Friedhof zurückzubringen, in Wirklichkeit versteckte sie ihn bei der Großmutter in der rechten Hofhälfte. Bei Großmutter gab es Platz für alles – neues Gras, alte Ziegel, Leichentücher und Sand aus Gräbern.

Man gelangt also nur auf einem Weg gut nach Nauhalnaje, dem, der den Ort auf der kurzen Straße quert. Er führt von Lipjen an den zwei Steinen vorbei, am Alten Jüdischen und dem Neuen Friedhof vorbei, dann folgen die alten Kolchosgärten, die Skordyna-Sümpfe, die Inseln Wopin und Karanjez, schließlich die stummen Ecken der Gebiete Homel und Mahiljou. Auf dieser Straße ruhte sich einst der betrunkene Tischler Askold aus und beschwerte sich danach über die Verwilderung dieses Landstrichs, in dem, so sagte er, so wenige Autos unterwegs seien, dass ihn die ganze Nacht über niemand überfahren habe. Auf dieser Straße gruben die verwahrlosten Rudskowy-Kinder jeden Sommer den Schotter um, all die sicheren Jahre ihrer unnützen Kindheit. Beiderseits der Straße und auf den ehemaligen Partisaneninseln stehen große Denkmäler – ein Partisan in Pullover, Jackett und Kappe, mit Maschinengewehr

PPScha und selbstgebauter Granate in der Hand, anmutig und eher einem Geologen ähnelnd, aber es gab auch Stelen, Grabsteine, Erdhütten und einige alte Panzer mit zugeschweißten Luken (wenn du sie nicht zuschweißt, trifft sich dort die Dorfjugend zum Trinken, Lieben und Scheißen, ihr ist nichts heilig).

Sollen also der Bus, der fröhliche Zug, ein Gast oder eine Fremde die gute Straße nehmen, Ryna nimmt den Sichelweg über Peranossje – einen Bohlendamm zwischen zwei Sumpflöchern (in dem einen ist eine Kolchoskuh ertrunken, im anderen ein Elch, so dass die Nixen und Wassermänner in diesen Sümpfen gut zu essen haben), hinter den Bohlen erstreckt sich ein schwarzes Erlenwäldchen in tiefen Granattrichtern, die auch nach Jahrzehnten nicht an Tiefe verloren haben. Die Senken sind mit Brennnesseln und wildem Hopfen zugewuchert, ein paar Birkhühner, Rotkehlchen und Nattern haben sich niedergelassen.

– Schau, sagte einmal die Großmutter, schob die Festtagszöpfe des wilden Hopfens auseinander und zeigte auf ein Rotkehlchennest, wie blau die Eier sind! Berühre nie die Eier des Rotkehlchens, sonst bist du auf ewig verflucht! Selbst die Henker sterben, wenn sie ein Rotkehlchen fangen.

Die erste Senke nannte Ryna die Rotkehlchensenke, die zweite Birkhuhnsenke, die dritte Natternsenke. Am Boden der Natternsenke stand immer durchsichtiges dunkles Wasser, das sich über Torf und Erlenlaub absetzte, und im Frühling krochen die Nattern über die Büsche, wie lebendige silberne und schwarze Gürtel. Hier sammelte Ryna auch Natternhäute, die die Großmutter benötigte. Man muss Nattern nicht fürchten, sie beißen niemanden einfach so. Man muss nur sagen, »Luzeja-Sarafeja-Lass-ab-von-meinem-Leib« und sich verabschieden.

Ryna glaubte nicht an diese Märchen, aber warum nicht dieses Sprüchlein aufsagen? Im Wald hat man immer das Gefühl, die Augen von irgendetwas würden einen verfolgen, und sie gehören – keinem Menschen. Nachdem sie Peranossje und die Senken durchquert hatte, lief Ryna über die alte Grenze zwischen Marien- und Skordyna-Sümpfen. Die Grenze markierten zwei große Wälle, die heute fast dem Erdboden gleich, aber noch erkennbar waren. Die Darocha teilte mit ihrem Stock zwei riesige Wogen vertrockneten Beifuß und lehrte: »Schau genau: Von hier wächst der schwarze Zweizahn, dick und mächtig. Das ist noch Mariensumpf. Dort, wo Fingerkraut und Teufelwurz wachsen, das ist der Skordyna-Sumpf.« Ein Stück weiter führen diese Wälle zum Weißen Pfahl. Wenn sie den Weißen Pfahl nur finden und ausgraben könnte. Höchstwahrscheinlich war der Weiße Pfahl nach drei Meliorationen tief unter der Erde verschwunden und würde nie wieder auftauchen, wie auch Sapater, eines der Schwesterngüter. Das andere Schwesterngut, Aredeber, stand noch wie immer und gehört Rynas Familie seit alter Zeit, als Ferenc Sirasch es der alten Pani Dobrowolska abgekauft hatte. Nach dem Aufstand und der Schlacht General Zizijanows und Stefan Grabowskis am Fluss Aros wurden den adligen Fräuleins Dobrowolska die Ländereien entzogen, weil die Schwestern den Aufständischen die Daumen gedrückt hatten. Den Mädchen wurde je ein kleiner Hof gelassen, und beide gaben ihnen fremd klingende Namen – Aredeber und Sapater. Sie heirateten nie und trugen bis an ihr Lebensende Trauer für die Aufständischen.

Nachdem sie die Wälle und einen kleinen Kiefernwald, der auf einem Fleckchen weißen Sandes wuchs, passiert hatte, betrat Ryna mit der gewohnten Unruhe ihren heimischen Grund.

Aredeber begann mit einem großen, in zwei Hälften geteilten Gemüsegarten – die rechte Seite gehörte Rynas Eltern, dort standen Gras, Blumen und Apfelbäume wohlgeordnet, gerade Linien von Kulturpflanzen, die Maria von der Erprobungsstation Lipjenskaja mitbrachte, deren Obst- und Gemüsegarten sich unweit erstreckten. Die linke Seite gehörte der alten Drumeben, dort wuchsen in Reihen wilde Sorten, seit Urzeiten ansässige Kartoffeln, Kürbisse, Sonnenblumen und Bohnenpflanzen. Das Saatgut sammelte die Drumeben selbst, legte es in Tütchen aus Heftpapier und beschriftete sie mit dem Anilinstift: »Kürbis – groß, gelb«, »Rote Beete mit weißen Blattadern«, »Sonnenblume – gestreift«, »Kartoffel Rosa von Nasta Syta«. Durch den Garten führte ein Weg, der den Teil der Großmutter vom Teil der Eltern trennte, doch Ryna nutzte ihn nicht. Sie hütete sich vor allem, was mit den Eltern verbunden war.

Nachdem sie am Zaun aus angespitzten Pfählen und vertrocknetem Winterkraut entlang geschlichen war, betrat Ryna die rechte (oder linke – je nach dem, von wo man schaute) Halfte des Hauses von Aredeber, in dem ihre Großmutter lag.

Aredeber war ein langes, altes Haus im adligen Stil – dreißig Ellen in der Länge, gedeckt mit Schindeln. Durch die Mitte verlief ein Korridor, der am Anfang und am Ende in eine Vortreppe mündete. Im Register für die Entkulakisierung, das Orka Barenboim 1931, 1933, 1934 und 1937 erstellt hatte, war es aufgenommen, wurde allerdings nie enteignet; wie von Geisterhand waren alle Wellen der Entkulakisierung und Umsiedlung, neun Mächte und zwei Kriege an ihm vorübergegangen. Niemand wollte sich mit den Sirasch-Frauen anlegen – weder im Krieg noch in der Revolution, noch in Friedenszeiten. Gott ist weit oben, Lipjen weit entfernt – um mit dem Pferd zu einem Arzt zu gelangen, brauchte man einen ganzen Tag und eine Übernachtung, andernfalls würde man im Wald oder im Sumpf von bösen Tieren oder bösen Menschen ausgenommen. Die Flüsterinnen aber saßen in Aredeber. Lass sie in Ruhe, dann lassen sie dich in Ruhe. Legst du dich aber mit ihnen an, bist du selbst der Dummkopf. So überlebte Aredeber.

Der Korridor trennte das Haus in die »schwarze« und die »weiße« Hälfte. Die schwarze – zwei Zimmer und eine Kammer – wurde mit einem großen russischen Ofen geheizt. Dort wohnten die Drumeben und Ryna. Die weiße Hälfte – zwei helle Zimmer mit Bad und Toilette, mit einem zusätzlichen Ausgang an der Stirnseite, bewohnten Maria und Pawel, Rynas Eltern. In der weißen Hälfte fühlte Ryna sich unwohl, als sei sie bei einem großen Fest zu Gast. Allerdings liebte sie die drei grünen Öfen, die mit glasierten Kacheln aus Saretschscha mit Motiven von Fischen, Hähnen, Pflanzen und Vögeln verziert waren. Wenn sie herkam und den Eltern zuhörte, betrachtete sie die gekachelte Märchenwelt, streifte mit den Augen jeden einzelnen Schnörkel und dachte, dass irgendwo ein Land existierte, in dem es solche gefiederten Kräuter und gestiefelten Vögel, Hähne mit Sporen, schuppige Glotzfische und dreizackige Kronen gab.

Die Fenster des großen, langen Hauses, mit Delle im Rücken, wie ein altes Schwein, leuchteten matt. Ryna betrat den dunklen Windfang, in dem es nach getrockneten Holzäpfeln und frischem Tod roch. Sie wandte sich dem schwarzen Teil zu, tastete nach der Türklinke, die auf altbekannte Weise »zing-zang« sagte. Überall herrschte Stille.

Das erste Zimmer, im Durchgang, war das ihrige: links der Ofen, daneben das Bett, rechts am Fenster der Tisch mit Großmutters blauem Thron und Rynas Bänkchen, an dem Ryna ihre Hausaufgaben erledigte. Im Zentrum des Zimmers lag zu Füßen ein Keller mit Kartoffeln und Einweckgläsern, alten Zeitungen und Krimskrams. Oben, über dem Ofen, war die Luke zum Dachboden. Hinter dem Ofen gab es noch einen Winkel, der als Küche diente. Das zweite Zimmer in der Reihe war das der Großmutter, dahinter gab es nur noch eine Vorratskammer.

Hinter der Tür waren unterdrückte Stimmen zu hören. Ryna hielt inne. Sie musste sich entscheiden – trinken oder nicht trinken. Einerseits brauchte sie ihre ganze Geistesgegenwart, denn diese Begegnung würde die letzte sein. Andererseits brauchte sie ein bisschen Betäubung. Ein leichter Schlag mit einem staubigen Sack auf den Kopf – und alles fühlt sich unwirklich an. Schließlich ging Ryna zum Fass in der Ecke, nahm den Deckel ab, steckte die ganze Hand hinein und holte eine Handvoll Wildäpfel hervor, die mit ihren langen Stielen Feldmäusen glichen. Sie trank und aß die Äpfel hinterher (um den Magen zu schließen und den Geruch zu ersticken). Sie rückte sich zurecht und betrat das Zimmer der Großmutter.

Dort war es still und kühl, auf den Fensterbrettern stand je eine Kerze in getreidegefüllten Schalen. Großmutters riesiger Wecker und die geschwärzte Wanduhr standen still. Verhängt war ihr nunmehr nutzloser Spiegel, der auf seltsamer Höhe hing, so dass Ryna ihren Hals und ihr Kinn sah, die Großmutter ihre Stirn und ihre Nase. Es saßen nur wenige Gäste am Sarg. Die Großmutter war die vorletzte der Alten, in ihren letzten Jahren hatte sie nur wenige Menschen zu sich vorgelassen. Es saßen der Vater und die Mutter, wie immer, nebeneinander, Hand in Hand, und Ryna überkam die bekannte Mischung aus Schuld und Scham. Die resoluten, ordentlichen und fleißigen Eltern, deren einzige Tochter sie war. Die Mutter nannte sie *Iratschka*, was Rynas Armhaare zu Berge stehen ließ und sie in Panik versetzte; der Vater nannte sie nur und ausschließlich *Tochter* (auch hier stellten sich die Härchen auf von der strengen, wohljustierten Stimme), nur die Großmutter rief sie *Ryna*. Ihr Verhältnis zu den Eltern war nie einfach gewesen und würde es nie werden. Auf der zweiten Bank saß Tanja Goldlibelle, die goldenen Streifen ihres Tuches strahlten im Kerzenlicht. Tanja würde selbst betrunken nie ohne ihr golddurchwirktes Tuch und riesige Ohrringe aus dem Haus gehen.

Das Zimmer war mit riesigen Pflanzen gefüllt – Agaven, Birkenfeigen, Glockenblumen, Winden, die an allen Wänden wucherten. Sie versanken im Halbdunkel und warfen wundersame Blätterschatten – das Licht kam von den Kerzen und einer Kerosinlampe, die auf Großmutters mit bestickten Servietten bedecktem Regal stand. Elektrisches Licht, Spiegel und Uhren dienen dem Tod nicht. Nachdem Ryna den Raum gemustert hatte, schaute sie endlich auf Großmutters dunkelblauen Tisch mit den gekreuzten Beinen, den Tischler Askold gebaut hatte. Auf dem Tisch stand der tiefe, kantige Sarg, aus dem die zwei Hügelchen der Füße ragten, von einem weißen Totenlaken bedeckt. Dieses Laken hatte Großmutter 1966 gekauft, als bis zum Tod noch ihr halbes Leben bevorstand. Einmal im Jahr schüttelte sie es aus, hängte es im Freien auf, trocknete es, rieb es mit Salmiakgeist und Salz ein, damit es nicht vergilbte. Ryna machte noch einen Schritt und erblickte die großen gelben Hände der Alten – stark, fast die eines Mannes.

»Sie ist alt, doch ihre Hände bleiben gerade! Eine alte Hexe ist sie!«, so flüsterte man in Nauhalnaje. Dann das Gesicht, das Ryna viele Jahre nicht gesehen hatte. Ob sich die Großmutter tatsächlich kaum verändert oder der Tod sie mit seiner lieben und schweren Hand geglättet hatte, jedenfalls war auch das Gesicht ebenmäßig und kraftvoll. Wie immer.

Gesicht und Gestalt der alten Drumeben hatten nichts Weibliches an sich. Darafeja Sirasch hatte auch in jungen Jahren schon wie das Porträt Goethes im Deutschlehrbuch ausgesehen. In der Jugend hatte ihr das wohl das Leben gerettet: Als Sabjarwetscha niedergebrannt wurde, wo die Großmutter gerade eine Wöchnerin versorgte (umsonst, sowohl die Wöchnerin als auch das Neugeborene starben im Feuer), machte ein deutscher Offizier ein Foto von ihr, lachte laut und ließ sie gehen.

Großmutters Gesicht bestand aus einer riesigen geraden Nase, einer gewölbten Stirn, hohen Augenbrauen und riesigen Augen, die einst durchdringend waren, später halbblind und nun für immer geschlossen. Hinzu kamen schmale, gebogene Lippen und ein schweres Kinn. Den ätzenden Blick der jungen Darfejka, der jungen Darocha, der alten Drumeben zu ertragen, war schwer, selbst als er schon vom grauen Star getrübt war. Ryna glich der Großmutter aufs Haar, lediglich das Gesicht war durch die Züge der Mutter etwas weicher. Die Daroschka zeichnete sich durch ihre Größe aus und gefiel, so scheint es, kleinen und untersetzten Männern. Ryna wurde 1,81 Meter groß und war damit die Größte in den drei umliegenden Dörfern, bis die Physiklehrerin sich einen Mann herholte, der noch höher ragte.

Rynas Gedanken schweiften umher, sie konnte nicht den einen fassen, wegen dem sie hergekommen war. Das Gesicht der Darocha zerfiel scheinbar in kleine Stücke. Ihre dünnen weißen Haare waren unter ein tiefblaues Tuch gestrichen worden, aus dem sie sich bereits wieder hervorkämpften. Sie hatte wundersam dünnes und dichtes Haar, so lebhaft, dass es durch nichts zu bändigen war – nicht einmal Bier oder Zuckerwasser. »Mit deinen Haaren kann man Muster sticken, Großmutter!«, hatte Ryna einmal zu ihr gesagt, worauf die Großmutter weinen musste, weil dasselbe Orka Barenboim zu ihr gesagt hatte, bevor er diese Welt verlassen hatte.

Auch die Augenbrauen der Drumeben waren gerade, weiß und seidig, aus dem Kinn ragten einige harte, drahtähnliche Haare hervor. Ryna setzte ihren Rucksack ab, holte ihre Kosmetiktasche hervor, nahm die Pinzette und beugte sich über die Großmutter, um die Haare auszuzupfen. Die Großmutter mochte keine Haare im Gesicht, obwohl sie sonst nicht weiter Wert auf ihr Äußeres legte. Der graue Star hatte ihr die Tatsache verschleiert, dass diese Haare wuchsen und immer dicker wurden. Ryna dachte oft darüber nach, dass die Großmutter zwar eine Heilerin war, ihre eigenen Augen aber nicht kuriert und diese Haare nicht bezwungen hatte. Auch Ryna kümmerte sich um die Körper fremder alter Menschen, den eigenen ließ sie unbeachtet.

– Wie ist es, Tochter, kein Gruß, kein Dank den Eltern? Kommst wortlos und gleich zur Großmutter? Wo warst du denn, du Gute, in den acht Jahren, als wir, die Bösen, die Großmutter pflegten?

›Gesoffen hab ich, Vater, und mich in der Welt rumgetrieben.‹
– Guten Tag, Vater, Mutter. Grüß dich, Tanja.

Ryna setzte sich neben Goldlibelle. Der Wunsch zu trinken war unerträglich. Tanja merkte es nicht – sie war selbst immer leicht angetrunken. ›Wir hätten ein gutes Braut-und-Schwiegermutter-Gespann abgegeben‹, dachte Ryna mit boshafter Freude. ›Schade, dass dein Söhnchen irgendwo in einer Grube liegt, mit Gestrüpp bedeckt.‹

Tanja Goldlibelle war im ganzen Land dafür berühmt, dass sie sich eines Winters auf der Straße mit einem hungrigen Wolf duelliert und gewonnen hatte: Sie hatte ihm die Hand in den Rachen gesteckt, ihn bei der Zunge gepackt und ins Dorf gebracht, wo das Tier mit Stöcken erschlagen wurde. Sie schielte zu Ryna herüber und flüsterte: »Komm morgen zu uns, ich erzähle dir etwas.« Ryna erstarrte. Hatte sie denn wirklich in die verdammten Mariensümpfe zurückkehren müssen, wo alte Verrücktheiten und Sünden ihre Natternköpfe emporreckten. Wusste Tanja etwas? Tanja redete unterdessen weiter:

– Ich lauere schon seit dem Morgen auf dich. Weder über die Straße aus Kapatkjewitschi noch über die von Schytkawitschi bist du gekommen. Also, denk ich, wird sie wohl nachts durch den Sumpf her kriechen. Komm morgen, wenn es dunkel wird, zu uns, wir müssen reden.

Tanja erhob sich und ging hinaus. Ryna musste unbedingt trinken, obwohl in ihrem Kopf auch so schon alles kreiste. So albtraumhaft dieser Abend schon war, so war er doch noch nicht vorbei.

II.
ARE DEBERE

Ryna saß noch immer da und konnte sich nicht aufraffen, das zu tun, was sie tun musste. Schließlich holte sie ihren Trank aus dem Rucksack und schaute sich nach etwas Essbarem um. Auf dem Fensterbrett unter der Öffnung, durch die die Seele entweichen sollte, stand Großmutters Schnapsglas, bedeckt mit einer Brotscheibe. Ryna zerbrach das Brot, bat die Großmutter um Verzeihung, trank und aß geschwind das Brot hinterher. Der Alkohol hob sofort alles auf, machte alles besser, und ihre Mission erschien weniger fürchterlich. Sie holte Nataschas Bündel aus der Tasche und flüsterte:

»Da ist es, Großmutter. Übergib es dort, du weißt schon, wem. Und schick mir keinen Totenfluch durch die Silbergabe. Nicht ich gebe, die Erde gibt es, am Rain stehen drei Ähren, die Wurzeln in der Erde, die Grannen in den Himmel.«

Selbst wenn du nicht an die »Lehren« glaubst, ist es beängstigend, einem Boten etwas in die andere Welt mitzugeben. Man kann über diese Gaben leicht Todesflüche aus der anderen Welt in den Traum übertragen. Aber dieses Ding hatte eine Besitzerin, und zu ihr sollte es zurückkehren. Ryna strich mit der Hand am Körper entlang, seine Härte und Kälte jagten ihr einen Schreck ein. Die Eltern hatten Darafeja nie besonders geliebt, doch den Sarg hatten sie so ausgestattet, wie sie es gewollt hatte: blauer Atlas, warm und weich von unten und kalt und glatt auf der oberen Seite. Ryna ertastete eine Falte im

Stoff und schob das Bündel hinein, so wie es war, mit Nataschas Verzierungen. Tränen und Trauer verspürte sie nicht, dafür Mattigkeit und Einverständnis. 101 Jahre, das war schließlich viel.

Es bestand auch die Möglichkeit, die Hand der Großmutter zu nehmen und die Gabe der geborenen Hexe an die ausgebildete Hexe zu übertragen. Aber Ryna bekam Angst. Wie hatte Orka Barenboim gesagt: Ich glaube nicht an Gott, aber ich weiß, dass es ihn gibt.

Hastig ging sie nach draußen und sah neben dem Holzschuppen ein Feuer. Daneben stand der Vater und stocherte mit dem Schürhaken darin herum. Die Funken flogen hoch hinauf, erleuchteten die schwarzen Bäume, die leeren Furchen.

– Was verbrennst du? Warum? Sie ist noch nicht unter der Erde, und du verfeuerst schon?, schrie sie, als sie in den Flammen die grauen, mit dicker Nadel vernähten Deckel und die anilinernen großen Buchstaben sah.

Ryna sprang zum Feuer, entriss dem Vater das Schüreisen und holte den Klumpen Hefte heraus, gekaufte und selbstgemachte aus alten Tapeten, vernäht mit Schafwollfäden.

Ihre Hefte. Ihre krummen, riesigen Buchstaben. Trotz Schreiblernpunkt und Schule konnte die Daroschka nie so schreiben, wie es sich gehörte. »Wenn die Färkel die Zitzen ni nähmen wollen, raib Honig drauf«, las Ryna, und die Unumkehrbarkeit des Verlustes traf sie wie ein Schlag. Ryna setzte sich auf einen Holzklotz neben dem Schuppen und weinte. Nichts kommt wieder. Sie hatte sich sonst wo in der Welt herumgetrieben, weit entfernt von dem, was wirklich wichtig war. Zwar war es krumm, runzelig und halbtot, aber es war das Eigene, das einzig wirklich Wichtige.

Zwischen der schwarzen und der weißen Hälfte von Aredeber schwelte seit jeher ein stiller Krieg. Die Braut und die Schwiegermutter verstanden sich von Beginn an nicht. Auch den Sohn liebte die Alte nie so recht, sie schimpfte: »Gott weiß, nach wem du kommst, dem Teufel kein Schürhaken, dem Gott keine Kerze.« Pawel war der Mutter ebenfalls nicht sonderlich zugeneigt, er erinnerte sich, wie sie ihn in seiner Kindheit allein in der Stadt zurückließ, mit dem Bein an den Zaun gebunden, einen Becher Milch, bedeckt mit einer Scheibe Brot, daneben, und den ganzen Tag wegging. Als Jugendlicher musste er selbst den Ofen heizen, einen Trog Kartoffeln kochen, die Hühner füttern und zu Hause sitzen, bis die Mutter kam. Später behauptete Pawel, dass an Winterabenden von den Sümpfen her Wölfe nach Aredeber kamen, ihre Pfoten auf die Fensterrahmen legten und ihn anstarrten, einsam und schutzlos. Pawel schien es, dass die Wölfe mit ihren Pfoten die Riegel zurückschieben und ins Haus spazieren konnten, dass sie es ihm heimzahlten mit ihrem leisen, geschmeidigen Gang vor der Tür. Pawel nahm den Schürhaken, legte sich unter den Tisch auf das Schaffell und wartete dort auf den Feind, bis er einschlief. Die Darocha hatte gesagt, dass damals keine Wölfe nach Aredeber kamen und Pawel sich ihre eigenen Kindheitserinnerungen zu eigen machte. Wessen Erinnerungen es auch waren, das schwarze Haus verbarg etwas Kummervolles in sich.

Wenn Darafeja böse auf ihren Sohn war, schlug sie ihn und schrie mit aller Kraft: »Wechselbalg, du, Hexensohn, als wärst du gar nicht meins! Sitzt und starrst mit Diebesaugen!« Pawel lernte früh, mit seinem Leben zurechtzukommen. Die Mutter ging fremde Kinder heilen, während das eigene Rachitis, Skrofel, Verdacht auf Tuberkulose und andere Fieber und Seuchen hatte. Der Junge brachte sich selbst durch und wurde damit fertig. Er lernte, er heilte, er scheute keine Arbeit. Er wurde groß, gesund und schön. Dann ging er weg, um Agronom zu werden, kehrte nach Nauhalnaje zurück und lebte wieder bei der Mutter. Sie zankten sich selten. Ryna erlebte nur einmal, wie Pawel und seine Mutter im Garten, der damals schon in zwei Hälften geteilt war, aneinandergerieten. Beide wollten nicht aus dem Weg gehen, beide waren stark und hartnäckig. Schließlich packte Pawel die Mutter so, dass sie in die Kürbisse flog, und schlug dann wütend die Tür zu. Seit diesem Tag hatte die Daroschka die weiße Hälfte nicht mehr betreten, und Pawel die schwarze – bis jetzt. Ryna war gewissermaßen die Vermittlerin zwischen beiden Welten gewesen und hatte weitergegeben, was jeweils vor sich ging.

– Hat deine Mutter schon die Öfen versetzt, fragte die Daroschka eifersüchtig. Verstehen die denn etwas von Öfen?

– Sie versetzen die Öfen nicht, sie stellen einen Kessel auf, der Titan heißt, wir werden heißes Wasser haben. Und eine Toilette und ein Badezimmer.

Die Kanalisation erreichte Aredeber zuletzt, als alle anderen in Nauhalnaje bereits diese Bequemlichkeiten nutzten. Nur die weiße Hälfte wurde angeschlossen. »Ich werde nicht in meinem Haus scheißen!«, teilte die Daroschka mit, holte weiterhin das Wasser vom Brunnen und ging für die weiteren Bedürfnisse in das Häuschen, das mit Erdbirnen und sehr hohen Sonnenblumen umpflanzt war.

Maria, die »Siraschbraut«, war als Buchhalterin nach Nauhalnaje zugewiesen worden und hatte keinerlei Absicht, dortzubleiben oder gar zu heiraten. Ein, zwei Jahre, dann konnte man sich nach Lipjen bewerben, nach Sluzk oder gar nach Minsk. Manjas wichtigste Eigenschaft war die Genauigkeit und Strenge in allem. Die schlanke junge Frau mit den länglichen grünen Augen gefiel vielen, der Daroschka aber nicht. »Puppe, Mondkalb«, pflegte die Großmutter zu sagen. Als Maria Pawel zum ersten Mal sah, machte er Riesenumschwünge am Reck hinter dem Amtsgebäude. Der einst schmächtige Junge war ein stattlicher, strammer junger Mann geworden. Es schien, Maria und Pawel waren geschaffen dafür, das Gegengewicht zu Daroschkas Unordnung und Aberglaube zu sein. Maria nannte die Schwiegermutter ins Gesicht »Dunkel von Nauhalnaje« und »Scharlatanin«. Die Daroschka hatte nie vernünftig gearbeitet, auf dem Papier war sie einmal »Rechnungsführer«, einmal »Feldbauer«, einmal »Lagerverwalterin« und einmal gar »technische Mitarbeiterin« in der Schule. Die tatsächliche technische Mitarbeiterin der Schule, Helja Wischneuskaja, knurrte Ryna dafür an, dass sie die ganze Arbeit hatte, aber gerade das halbe Geld bekam. In Nauhalnaje gab es viele Tricks, die die Buchhalterin Maria Sirasch in die Welt hätte ausplaudern können, doch sie trug die Feindseligkeiten nie über Aredeber hinaus. Der Krieg wurde ausschließlich zu Hause geführt.

Ryna erinnerte sich, dass die Mutter den Vater mehr als einmal bekniete, Aredeber und Nauhalnaje zu verlassen, das ganze Land gar, die Mücken und die Finsternis, doch der Vater war ein schweigsamer, scheuer Mensch, der nach der Berufsschule sofort nach Hause zurückgekehrt war. »In meinem Arbeitsbuch wird es zwei Einträge geben – eingestellt und in Ruhestand geschickt!«, sagte er. Ryna hatte den Verdacht, dass der Vater seine Mutter nicht verließ, um ihr irgendetwas zu beweisen.

So kam es auch. Die jungen Leute lebten für sich, die Alte auch.

»Lebt, wie ihr wollt, ich mache meins!«, sagte die Daroschka zu ihnen. Im Winter 1969, als die jungen Leute vom Standesamt in Wostryja Jelki zurückkamen, kreuzte bei Karalicha ein Rudel Wölfe ihren Weg, und als die Gesellschaft nach Nauhalnaje kam, machte gleich am ersten Tisch das Gerücht die Runde, der alte Onkel Andrej sei gestorben. Er habe in der Ecke seiner Hütte gesessen und auf die Gesellschaft gewartet, in seinem einzigen, rauen Anzug und Festtagshemd, die von der Arbeit harten, runzeligen Hände im Schoß gefaltet. Feierlich und dem Tode nah. Die Wolfsbegegnung und der Todesfall am Tag der Hochzeit prophezeiten keine glückliche Ehe, doch das Gegenteil trat ein. Die jungen Eheleute lebten in solcher Eintracht, dass sie sich eher wunderten als freuten, als die schreiende Ryna in ihre Idylle trat.

– Nach wem kommt sie nur? Vielleicht nach deiner Mutter, sagte Maria. Diese große Nase.

Maria war enttäuscht. Ryna war der Großmutter wie aus dem Gesicht geschnitten, nur war sie rothaarig und von Kopf bis Fuß mit feinen Sommersprossen in allen Schattierungen bedeckt – von pfirsichfarben bis dunkelbraun. Maria bemühte sich, das arme Kind in Ordnung zu bringen, aber nichts wirkte. Ryna wurde mit frisch gemolkener Milch eingerieben, mit Gurken belegt, sogar mit bulgarischer Achramin-Creme gesalbt – umsonst. Die Sommersprossen wuchsen zusammen mit dem großnasigen Gesicht. Die roten Haare standen in die Höhe wie eine Rauchfahne und kräuselten sich höllisch. Die Alte war indes zufrieden. »Die ganze Temma! Wie aus dem

Gesicht geschnitten!«, sprach sie vor sich hin. Ryna wuchs sehr hoch und schmal, hatte lange Arme und Beine »wie Bretteln«.

Viele Jahre später lüftete Ryna eines der großmütterlichen Geheimnisse, die deren Autorität und Ruhm im Volk gesichert hatten. Alle staunten über ihre Fähigkeit, an mehreren Orten gleichzeitig zu sein. Damals waren die Entfernungen groß, die Menschen fuhren mit Fuhrwerken oder stiegen bei anderen auf, und ehe man den Sumpf durchquert hatte, musste man noch übernachten. So kam es vor, dass die Leute vom Markt in Lipjen heimkehrten und die Daroschka an der Brücke über den Aros stehen sahen. Sie kamen in Sjaredibar an – da stand schon die Daroschka, mit ihrem Rucksack über der Schulter. Ryna hatte viele dieser Geschichten gehört. Das Geheimnis der Großmutter war das Laufen. Mit langen Beinen und großen Füßen durch den Sumpf zu laufen – das war eine Wonne. Sowohl Ryna als auch die Daroschka wussten genau, wie sie treten mussten. So marschieren auch Elche durch den Sumpf. Dort ein Erdhügel – beug das Bein so, das Knie so, ohne Hast, denn unter dem Erdhügel kann eine Senke sein. Da wächst ein ganzes Büschel Borstgras, da ragt ein Stein hervor – den Fuß ein bisschen seitlich, nicht mit der Hacke auftreten, sondern mit der Zehenspitze. Und hier kann man abkürzen und am Sumpfrand entlang, vorher den Torf in der Hand prüfen – ist er feucht wie schlecht ausgepresste Kartoffelpuffer, dann geh nicht hinein, ist er trocken, kommst du durch, hüpfst du durch, schau nur immer unter deine Füße. Die Daroschka lief dreimal schneller als ein gewöhnlicher Mensch. Wusch-wusch-wusch, wie auf Stelzen, groß, dünn, wie die Vogelscheuche, die in Aredeber bei den Kirschbäumen stand, im langen Rock, weiter Jacke, mit in den Nacken gerutschtem Kopftuch fliegt die Daroschka durch den Sumpf, mit dem Rucksack auf dem Rücken.

Dieser Rucksack ist ein Quadrat aus Leder oder Leinentuch mit an den Ecken angenähten Zügeln – der Prototyp eines Rucksacks aus Nauhalnaje. Du häufst alles in der Mitte des Stoffes auf, ziehst die Zügel zusammen und wirfst es auf den Rücken. Man trägt darin Melde, Brennnessel, Heu, Geäst, im Glücksfall Pilze und manchmal auch Kinder. In Daroschkas Rucksack waren Käse, Brot, Speck, eine Flasche Wasser und alles, was man sonst brauchte – Korbflaschen, Kräuter, Salben, Lappen. Schon als sie jung war, saß die Daroschka nicht zu Hause und wartete, dass jemand vorbeikam. Die »Mädels« mussten besucht werden, in den umliegenden Dörfern und Höfen, bis Lipjen gar, um alle Neuigkeiten zu hören, die steten »Patienten« aufzusuchen. Die Daroschka lehnte es nicht ab, bei jedem zu essen und zu trinken, und doch blieb ihr Gang kräftig, sie lief bei jedem Wetter und zu jeder Jahreszeit. Dafür las sie immer noch schlecht, weil sie kein Russisch verstand. Einmal kam sie und erzählte Ryna:

– Dummköpfe! Schreiben: Vorsicht, Wölfe im Wald! Wo sollen denn sonst Wölfe sein, wenn nicht im Wald!

– Oma, da steht Baumfällung. Der Wald wird gerodet. Das ist Russisch.

– Das weiß ich, wie man Russisch schreibt. Aber da steht Wölfe! Jetzt sind wir schon so weit, dass für jeden Wolf im Wald ein Schild aufgestellt wird.

Es war so, dass Ryna die meiste Zeit bei der Großmutter wohnte, zu den Eltern ging sie nur mittwochs und samstags, um sich zu waschen, und manchmal noch die Hausaufgaben zu zeigen. Gegenüber der Kindheit des Sohnes scheinbar gleichgültig, zeigte sich Darafeja im Verhältnis zur Enkelin vollkommen verändert. Sie betreute Ryna bis zum Beginn der Schule, denn in Nauhalnaje gab es keinen Kindergarten. Sie erzählte ihr Märchen und verschwieg nichts vor der Kleinen. Nur das Lesen und Schreiben brachte sie ihr nicht bei. Das lernte Ryna selbst mithilfe der zoologischen Handbücher und Zeitschriften ihrer Eltern, die im gemeinsamen Flur als Feueranzünder lagerten.

Mit sieben Jahren kam Ryna in die Schule und am selben Tag auch zum ersten Mal in die Kolchosbibliothek, wo sie ihr erstes Buch auslieh: *Das Häslein im Kornfeld*. Die einfache Sprache kam ihr seltsam vor, als sei das Buch für Babys geschrieben. Ryna war Schemata von Kuheutern, Futterpläne und Seuchenbeschreibungen gewohnt.

Bevor sie in die Schule kam, hatte Ryna im schwarzen Teil des Hauses gesessen und der Großmutter zugeschaut, wie sie Kinder und Erwachsene vom Spuk befreite, indem sie ihn mit Kugeln aus Brot und Leinen austrieb, wie sie ihre Mixturen braute, Wundrosen wegflüsterte und kleine Säckchen knüpfte, die saufenden und raufenden Männern unters Kopfkissen gelegt wurden. In Nauhalnaje hatten Aberglaube, Irrwahn und Finsternis in unverbrauchter Einfachheit Bestand. Das erste Fernsehgerät tauchte hier erst im Jahr 1970 auf, und zwar bei Rynas Eltern Pawel und Maria. Der halbe Ort, vor allem die Alten, versammelte sich zum Fernsehen.

Sie saßen gespannt aufgereiht am grünen Kachelofen und schauten mit gleichbleibender Aufmerksamkeit Nachrichten, Filme und sogar satirisches Theater, von dem sie nichts verstanden. Viel lieber mochten sie Konzerte, Liebeslieder, vor allem von der Sykina oder Talkunowa. Ryna spielte währenddessen. Das Fernsehprogramm interessierte sie kaum, sie heilte lieber nach Art der Großmutter ihre Puppen. Die Fernsehenden trugen das Wort ins Dorf, dass die Kleine eine klügere Hexe als die Alte werden würde, dass sie alle Heilsprüche kenne und dass einen die Angst packte, wenn sie zu sprechen beginne, mit tiefer, fremder Stimme (Unfug!). Irgendwann erfuhren die Eltern von diesen Erzählungen, und mit den Fernsehrunden war es vorbei.

Dadurch hatte Ryna gar keine Freundinnen und Freunde, außer Natascha vom anderen Ende der Langen Straße. Natascha hatte hellblonde gelockte Haare, wie ein Schäfchen, blaue Augen, ein feines Porzellangesichtchen, war klein und hatte Schuhgröße 32. Sie waren sehr unterschiedlich, Ryna und Natascha, daher hielt diese Freundschaft nur bis zu dem Zeitpunkt, an dem Mädchen beginnen, sich für Jungen zu interessieren, an dem die Welt die Mädchen zerstört und neu zusammensetzt, nun schon als gebrauchsfertige Frauen. Die Welt beeilte sich nicht, Ryna zu zerstören und wieder zusammenzusetzen, da sie von Beginn an unförmig und unpassend war. Sonderlinge bleiben Sonderlinge. Natascha setzte sich von Ryna weg zu Inga Kowal, kehrte manchmal wieder, wenn sie Probleme mit irgendeinem Jungen hatte, und Ryna konnte es ihr nicht übelnehmen.

Im frühen Jugendalter träumte Ryna davon, nach Afghanistan abzuhauen, dort Mudschaheddin zu töten und verletzte Sowjetsoldaten herauszutragen, oder in ein Waldhäuschen zu ziehen, wie der Bruder Tuck, der Kirgise Uzala oder die Helden aus Jack Londons Büchern. Sie wusste, was man im Wald essen und was man nicht essen durfte, wie man eine Natter oder ein wildes Tier verscheucht, wie man Waldgeister und schlechte Menschen abwehrt. Verwilderte Kinder ziehen sich selbst groß und treten ins Leben wie Mogli. So war Ryna auch, die wusste, wie man einen niederträchtigen Ehemann vergiftet, einen Jungen betört, eine Wundrose heilt und einen Leistenbruch behandelt. Sie wusste, dass Reagan nur davon träumen konnte, eine Bombe auf Nauhalnaje abzuwerfen, und dass Belarus zu den Gründern der UNO gehört und für Frieden in der ganzen Welt kämpft. Sie wusste, dass die spanischen Granden so reinrassige Fußsohlen hatten, dass ein Bach unter ihnen fließen konnte, ohne sie zu durchnässen. Sie wusste dafür nicht, was mit Mädchen in der Reifezeit passiert. Maria verschob diese Gespräche, ekelte sich vor dem Thema und hoffte, die alte Hexe würde dem Kind alles erzählen. Die Alte aber meinte, das sei die Aufgabe der Mutter. In den Lehren von Großmutter Darocha kam das Monatsblut häufig vor, besonders da, wo saufende oder fremdgehende Männer an die Kandare genommen werden mussten – Ryna dachte aber, das sei Blut, das an Jungmondtagen aus Wunden tropft. Deshalb war sie überhaupt nicht vorbereitet auf das, was am Maria-Schutzpatronin-Tag geschah.

Die Großmutter hatte an diesem wunderbaren Tag einen Rucksack wilder Schneeballbeeren aus dem Wald herbeigeschafft und sortierte sie am Ofen, Maria hatte einen Vorschuss erhalten und der Tochter die lang ersehnte Taschenlampe und drei neue Schlüpfer gekauft. Aber nicht irgendwelche Unterhosen oder Baumwollschlüpfer mit grauem Gummiband, sondern richtige seidene Slips, mit Rüschen und Satinbändchen, die in einem farbigen Kästchen Platz fanden.

– Iryna, geh sorgsam mit ihnen um, wasch sie vorsichtig, zerreiß sie nicht, trag sie nicht überall, trug die Mutter ihr auf. Ein Mädchen muss seine Wäsche und Kleidung sorgsam behandeln, vorsichtig sein, sonst nimmt sie kein Mann. Leg ordentlich ein Läppchen in den Schlüpfer, das Läppchen wasch jeden Tag mit Kinderseife, damit keine Flecken im Schlüpfer bleiben.

Ryna gab sich große Mühe, ihre Slips sorgsam zu behandeln, sie machte nur kleine Schritte und kletterte nirgends, um den dünnen Stoff nicht zu zerreißen. Sie wollte das Mädchen sein, das der Mutter und den Jungen und Natascha gefiel.

Doch alles kam wie immer, irgendwie. Just am Fest der Maria Schutzpatronin befiel sie der Krebs. Selbst das »Heilige Maria, nimm das Blut, Gott zur Hilfe, der Geist mit mir« half nicht. Ryna konnte flüstern, was sie wollte, gegen Krebs half nichts. Und das Blut floss, die Slips waren völlig ruiniert, nicht mehr zu reinigen. Schließlich beschloss Ryna zu sterben – still und in Würde. Ein kränklicher Mensch in der Familie ging in der Regel »fort«. Wie die alte Alena Latyschka, die, um den Kindern nicht zur Last zu fallen, ein Bündel gepackt hatte und in den Sumpf gegangen war, worauf sie niemand je mehr gesehen hat. Auch ihr alter Hund Scharyk war vor zwei Monaten fortgegangen.

Ryna holte aus dem Unterboden den alten karierten Mantel und alte Schuhe, um die es nicht schade sein würde, ein Stück Brot, getrocknete Birnen, eine Flasche Wasser und ging fort. In diesem Jahr kam der Winter zeitig, und abends legte sich schon ein Frost. Heute erinnerte sich Ryna kaum noch an diese Nacht und diesen Tag und noch eine Nacht, die sie fort war. Sie lief und lief, und hinter ihr her, durch den Wald von Nauhalnaje bis nach Wopin und Ubibazki, lief ein Wolf, die grünen Feuerchen seiner Augen blitzten durch das Gebüsch. Sie wusste schon, wie man Wölfe auf Abstand hielt, zumal es nur ein Einzelgänger war. In der Früh, als es schon dämmerte, schaute sie sich den Hausherrn an. Es war ein schwerer, nasser Einzelgänger, ein Vieh des heiligen Georg, man konnte ihn gar nicht mit einem Hund verwechseln. Ein echter Wolf, großköpfig und linkisch, der Kopf scheinbar auf einen fremden Rumpf geklebt. Finster schaute er drein mit schwerem, goldgrünem Blick, und jedes

Härchen an ihm hatte eine andere Farbe. Wer hatte sich bloß ausgedacht, dass Wölfe grau sind? Der Wolf spiegelte alle Farben des Spätherbstes, ein Haar wie nasser Sand, das zweite wie weißes Moos, das dritte wie Lehm, das vierte wie feuchte Erle, das fünfte wie Torf, alle zusammen wie unsichtbar, doch wenn die Sonne begann, mit dem Wolfsfell zu spielen, schillerte das Tier wie das achte Weltwunder. Ryna und der Wolf schauten einander lange an, bis der Wolf seinen Schwanz, schwer wie ein Holzscheit, schließlich senkte, sich umdrehte und weglief.

»Bruder, lass mir den halben Weg, und ich lasse dir den halben Weg.«

Sie lief und lief, dann setzte sie sich unter einen umgestürzten Baum, bis sie fror und die Beine einschliefen. Besonders die Hände froren, denn Ryna hatte keine Handschuhe mitgenommen. Später, als sie in Ubibatzki rausgekommen war, setzten die dortigen Leute sie auf eine Fuhre, bedeckten sie mit einem Hanftuch und brachten sie nach Nauhalnaje zurück. Die Eltern waren verschreckt, schweigsam und still, man sah ihnen an, dass sie Angst bekommen hatten. Als Ryna weinend vom Krebs erzählte, schwiegen alle lange, bis die Großmutter anhub:

– Nun denn, ihr Täubchen. Ihr habt ein Mädchen erzogen. Sie soll ab jetzt bei mir wohnen.

So wechselte Ryna endgültig auf die schwarze Seite. Ryna schien es, als ekelte der Vater sich ein wenig vor ihr. Sowohl er als auch die Mutter entfernten sich noch mehr. Selbst zum Abschlussball trug Ryna ein Kleid der Großmutter – schwarz, mit kleinen Blümchen, dazu amerikanische Schuhe aus dem Lend-Lease, die zwanzig Jahre lang in Großmutters Truhe gelegen hatten. Natürlich lachten alle über sie, und keiner forderte sie zum Tanz auf.

III.
KETTE UND SCHUSS

Ein ruhiges Leben gab es auf der schwarzen Seite nicht. Die Türen ließen sich nicht schließen. Einmal wachte Ryna davon auf, dass jemand sie ansah. Sie schlug die Augen auf und schrie: Über sie beugte sich eine aufgedunsene Figur, die hin und her schwankte. Die Daroschka kam mit der Kerosinlampe aus ihrem Zimmer gerannt, und Ryna fasste sich ein Herz, zog die Pistolentaschenlampe unter dem Kopfkissen hervor und beleuchtete – klick-klick-klick – die Figur. Vor ihnen stand ein baumstarker Mann im verzweifelten Rausch. Es troff aus Nase und Mund, das Gesicht verzerrt. Der Mann sackte auf die Knie und begann zu heulen.

– Großmütterchen, Täubchen, hilf mir, gib mir was, dass ich nicht mehr trinke! Die Frau hat mich aus dem Haus gejagt, die Kinder wollen mich nicht mehr sehen!, brachte er hervor.

– Da kommst du zu mir, Korbut, aber hast du einmal in den Spiegel geschaut?

– Was soll da sein?

– Was für ein Gesicht du hast, was für Augen?

– Und?

– Ist das Gesicht schwarz? Das ist es. Sind die Augen gelb? Das sind sie. Ist dir die Galle in die Nase gestiegen? Das ist sie. Also warum bist du gekommen? Es ist zu spät für dich, in dir ist schon alles verfault. Vielleicht hast du ein halbes Jahr zu leben, vielleicht weniger. Du musst nun deine Seele retten. Bitte Frau und Kinder um Vergebung, sag, dass du dem Tode geweiht bist. Und geh überall die Sündenbäume pfropfen. Je mehr Apfelbäume du pfropfst, desto länger wird man für dich beten und deiner im Guten gedenken. Geh, Iwan, ich kann dir nicht mehr helfen.

Iwan küsste der Großmutter die Hand und ging, beruhigt, still und irgendwie ausgenüchtert.

– Großmutter, lass uns ein Türschloss kaufen, sonst erwürgen sie uns für deine Kunststücke wie der Iltis die Hühner.

– Ich kann kein Schloss ertragen. Niemand wird mich erwürgen. Vielleicht schlagen sie die Fenster ein, zünden den Stall an, verfluchen mich, aber anrühren wird mich niemand. Mich hat im Krieg keiner angerührt, also wird es auch jetzt niemand wagen.

Es gab auch schlimmere Besuche. An einem schönen Morgen Ende Mai, als Ryna die Sommerferien kaum mehr erwarten konnte und die Großmutter überall herumwuselte, um junge Kräuter und Blätter, Birkensteinpilze, Natternhäute und Froschlaich zu sammeln, hörte Ryna, wie in Großmutters Zimmer Glas zerbrach und von draußen das Jammern einer Frau erklang.

– Ewatschka! Ewatschka! Auch Ewatschka ist gestorben! Ich wollte sie morgens füttern, da steht die Milch im Mündchen. Sei verflucht, verdammte Hexe, verrecken sollst du, und der Wind soll dein schwarzes Nest in alle Winde zerstreuen!

Ryna lief in Großmutters Zimmer. Die Großmutter fegte das zersplitterte Glas mit einem Gänseflügel auf, trat dann ans Fenster und sagte:

– Marylja, geh nach Hause. Dass deine Kinder nicht aufstehen, ist nicht meine Schuld. Und sie werden auch nie aufstehen, denk daran, wen du geheiratet hast.

Marylja wurde mit festem Griff abgeführt.

– Großmutter, warum ist sie hergekommen? Warum zerschlagen sie unsere Fenster und beschmieren unsere Tore? Warum werfen sie uns seltsame Dinge in den Hof? Warum will niemand mit mir zu tun haben? Warum leben wir so? Du bist doch eine Hexe, du kannst doch alles machen, mach, dass sie uns mögen.

– Sie werden uns niemals mögen. Marylja hat den zweiten Statkjewitsch geheiratet, von den »Statkjewitsch-Statkjewitschs, die Kinder werden nicht alt«. In jeder Linie überlebt bei ihnen nur ein Kind, und auch das bleibt schwach. Marylja kam zu mir nach der Hochzeit und bat mich, etwas zu machen, dass die Kinder alt werden. Ich sagte ihr: »Mädchen, du wirst ein Kind haben, um mehr bitte nicht. Das ist nicht mein Werk, ich kann da nichts tun!« Sie hat mich nicht gehört, dachte, sie sei die Schlaueste. Hat ihren Adam geheiratet, den Familiennamen nicht angenommen. Dachte, wenn die Statkjewitschs nicht alt werden, dann werden es die Rohans. Nun, Slawa, ihr Erstgeborener, lebt ja, ist vielleicht schon in der sechsten Klasse. Aber Walerjan und Ewa haben kein Jahr gelebt. Jetzt werden sie in allen Ecken flüstern, dass die alte Drumeben gezaubert hat, einen Frosch unter die Schwelle gelegt hat. Ich kenne deren Ammenmärchen, sommers wie winters derselbe Unfug. Mal vergrabe ich eine Kröte und mache den Bräuten die Milch sauer, dann werfe ich wieder wundersame Dinge in die Höfe. So ist es eben in unserer Familie gekommen. Wie am Webstuhl – es webt und webt, Kette-Schuss-Kette-Schuss, das Muster bleibt dasselbe. Meine Großmutter, Marjanka, hatte nur ein Auge. Und ihre Mutter, Sofia, war einäugig. Die Augen hatten die Männer ihnen ausgeschlagen. Über Sofia erzählt man, dass am Morgen das Auge einfach in die Suppe fiel, dass die Kinder in Geschrei ausbrachen. Marjanka gab ihrem Vater danach Distelsaft – oder Altherrentrunk, wie manche sagen – zu trinken. Ein gutes Kraut, um einen Mann zu entkräften. Gibt man nur ein wenig, läuft er einfach weiter wie immer, merkt nichts, außer dass etwas in ihm saugt, zerrt und Vorwürfe macht. Davon beginnt er zu saufen oder erhängt sich in Bälde. Dieser Unhold hängte sich also auf. Marjanka wurde daraufhin zu einer furchtbaren Heilerin – keine wie Sofia, denn Sofia hätte keinen Unfug gemacht, aber Marjankas Gesetz war ungeschrieben, und Marjanka nahm sich auch nicht in Acht. Sie heiratete einen Ungarn, und der Ungar war grausam, er schlug und schlug und schlug ihr gar das Auge aus! Wie war es dazu gekommen – sie waren zu seiner Verwandtschaft ins Ungarische gefahren, um dort zu leben, und sie hatte ihre Aussteuer dabei. Die Bautröcke hatte sie selbst gewebt. Ich erinnere mich gut an ihren Webstuhl, sieben Fäden hatte er, vierzehn Fäden, die leuchteten wie dein Eigelb. Gelber Faden, blauer Faden, roter Faden … Ferenc sagte zu ihr: Trag hier nicht diese Röcke, das ziemt sich hier nicht, meine Verwandtschaft ist unzufrieden. Sie aber war eigensinnig und hitzköpfig, sagte, ich verstehe eure Regeln nicht, und eure Mode brauch ich nicht. Und damit begannen die Schläge. Und als er ihr das Auge ausschlug, da seufzte sie nur auf – Schicksal. Nahm das Kind, nahm Ferenc, setzte sich mit ihnen auf einen Wagen und kehrte heim. Er fühlte sich dann auch schuldig und schlug nicht mehr gar so sehr. Und dann lebten sie also hier. Wie sie lebten, das weiß ich nicht, und wie der Großvater starb, kann ich dir nicht sagen, vielleicht ist auch er an Distelsaft verreckt.

Marjanka war böse und hat viele Menschen unter die Erde gebracht. Alle fürchteten sie, alle. Sie kannte sich so gut mit Kräutern aus, dass sie eine halbe Hochzeitsgesellschaft vergiften konnte, wenn ihr etwas zuwiderlief. Alle zitterten und heulten, ihr war es gleich. Man hätte sie schon lange getötet, aber sie sagte: Rührt mich nur mit dem Finger an – kein Kind wird mehr laufen lernen. Die Jungs vom zweiten Statkjewitsch, der am anderen Ende von Nauhalnaje lebte, machten sich über Marjanka lustig, sie sei krumm wie eine Ente und gehe wie ein Krebs. (Ferenc hatte ihr auch die Hüfte zerschlagen.) Also ertrank ein kleiner Statkjewitsch, dem anderen wurde ein sehr schwächlicher Sohn geboren, alle weiteren Kinder wurden nicht alt, was man auch tat. Gebären, füttern, streicheln, schlaflose Nächte – und doch stirbt das Kind, einmal in der Wiege, einmal fängt es sich was ein. Das Kindlein wird schwarz, und weg ist es. Was diese Statkjewitschs nicht alles versuchten, einmal gingen sie auf Pilgerfahrt, ein anderes Mal kniete einer von ihnen den ganzen Tag vor dem Haus. Der Marjanka war das alles schnurz. Sie fürchtete weder Gott noch Teufel. Wand sich durch den Sumpf wie eine Schlange, klüger als die Schlange. Die Leute sagten, sie krieche gar liegend durch den Sumpf, nur der Rock breitet sich aus. Ob das stimmt, kann ich nicht sagen. Mir sagten sie: Gegen deine Großmutter bist du schwach. Es kommt vor, dass du aus Lipjen rausfährst mit dem Fuhrwerk, und die krumme Marjanka steht auf der Brücke, und wenn du nach Wolaje reinfährst, steht sie auch dort, blinzelt mit den Augen. Sie geht krumm und fliegt doch schneller als du. Drum eben dachten sie, sie sei eine Hexe. Doch sie ging einfach durch den Sumpf wie über Fußboden, selbst dort, wo Wasser stand. Die Marien- und die Skordyna-Sümpfe waren schon ein einziger Morast: Was du auch in die Hand nimmst, ist wie schmutziger Brei. Doch Marjanka streift hindurch, als sei es trocken, und nur der Ziegenmelker zieht über ihr hinweg, den blutverschmierten Schnabel aufgerissen. Muss bei einer Geburt geholfen werden, schau – da läuft sie schon, fegt durch die Gegend, bevor sie überhaupt gerufen wurde. Drum eben fürchteten sie alle. Dann erinnere ich mich, dass alle Ziegenmelker bei uns hier lebten. Die Menschen fürchten Ziegenmelker, aber sie fing ihnen Fliegen. Ein kleiner mit rotem Schnabel flog ihr ständig hinterher. Sie sagte, sie habe ihn selbst aufgezogen, vom Ei an, aber ich weiß schon nich' mehr, was man ihr glauben kann.

Meine Mutter wiederum war ganz anders! Sie war gut wie der stille Sommer. Da hatten wir unser eigenes Flechtwerk, wie auf dieser Tagesdecke oder dem Brautrock: gutes Weib – böses Weib – gutes Weib – böses Weib. Ich bin böse, du wirst gut werden. Meine Mutter, Prosja, war süße 17, als sie meinen Vater verzauberte und seine Teufel auf der Schaufel in den Ofen fuhren. Prosja war so klein und zierlich, zerbrechlich wie Sauerklee, so wie deine Freundin Natascha (obwohl ich nicht weiß, von wem sie das hat, ihr Großvater war ein furchtbarer Menschenschinder). Und Sauka Bahalewitsch, mein Vater, war ein Recke, aus Hljatouskaje kam er. Ach, und gut sah er aus, mein Väterchen, ach wie gut!

Breitschultrig, der helle Bart ragte wie eine Schaufel über die ganze Brust, gerade Nase, die Augen ganz, ganz blau. Man sagt, wenn er wütend wurde, wurden seine Augen hell, wie bei einem Blinden. Wenn er daherkam, dann bete ihn an. Und gebildet war er – hatte in Sluzk die Lehrerausbildung gemacht, danach in Lipjen an der Volksschule gelehrt. Und einen eigenen Hof hatte er, einen guten Hof bei Hljatouskaje, vom Urgroßvater, sehr teure Schafe zogen sie da. Eine eigene Walkmühle hatten sie, Trockenkammern, und gute Pferde und eine eigene Mühle. Reich waren sie, die Bahalewitschs. Sauka war ihr Jüngster – der Liebling der Familie, alles bekam er. Lern fein, Sawatschka, kleide dich fein, Sawatschka. Schon als er klein war, nähte Hirsch aus Ljaskawitschi Anzüge für ihn. Und arg zielstrebig war er. So ein Belarusse, ganz engagiert. Als die Polen nach Saretschscha kamen, 1920 oder vielleicht schon neunzehn, da trödelte er immer mit diesen Polen herum. Warum trödelst du mit diesen Polen rum?

Als sie gekommen waren, änderte sich erst einmal nichts. Alle Familien aus dem Kleinadel, aus den Landgütern und Höfen waren für die Polen. Auch die Bahalewitschs. Sie sind nicht wie wir, diese Ewitschs und Owitschs. Unsere einfachen Leute, die heißen Laschtsch, Schardyka, Chenta oder Schur, Sajaz, oder Haltschenja und Schtscharbatschenja. Aber Owitsch und Ewitsch – da weißt du, das ist polnischer Adel und nicht wie wir! Bahalewitsch schlug sich also zu den Polen. Ihre Flugzettel trug er aus, die sie da alle wunderbar schrieben. »Wir kommen zu euch, um euch vom Hungertod zu befreien, den der Bolschewismus bringt, indem er euch die letzte Nahrung nimmt. Bemüht euch, den hasserfüllten Bolschewiken fortzujagen, ergebt euch nicht, um in die Rote Armee geholt zu werden, seid kein Stein«… Sie standen also ein Jahr in Lipjen und Saretschscha, verbreiteten ihren Mist über die Dörfer und gingen dann wieder fort. Und als sie gingen, waren sie böse-böse, wie die

Wespen. Von den Roten gejagt, zündeten sie in Saretschscha alle Häuser an, das Kreuz der Vergebung, die Pechhütte, und töteten zwanzig Juden. Einer ritt auf dem Pferd in die Synagoge, schaut her, ich bin ein Ulan mit Säbel, gehörnte Mütze auf dem Kopf, schnitt den Juden die Pejes ab, riss den Jüdinnen die Perücken vom Kopf. Alle Geschäfte und Stände in Saretschscha und Lipjen machten sie dem Erdboden gleich. Die Apotheke für Menschen und Tiere trugen sie zusammen mit Moische Laudenbachau zur Stadt hinaus und ertränkten ihn in der Talika. Ich verstehe das nicht. Unsere kamen noch durch, die ließen sie in Ruhe, aber wenn sie in ein Dorf kamen, vergewaltigten sie die Mädchen und schlugen die Jungs windelweich. »Ihr Flegel«, sagten sie, »wir rücken euer Blut schon zurecht!« Pferde und Kühe holten sie, Brot und Kartoffeln holten sie. Nur die Kleinadligen ließen sie in Ruhe, das waren ja die Ihrigen. Wer auf Polnisch um Erlaubnis bitten konnte, den ließen sie laufen. Von denen eignete mein Vater Sauka sich also die Grausamkeit gegen die Juden an. Und die Überzeugung, dass die Juden den Roten die Hand hielten.

In diesen Jahren, von 1918 bis 1922, war hier ein solches Durcheinander, dass neun Mal die Macht wechselte und sicher jeder sieben Häute Blut abziehen konnte. Als die Russen und die Roten kamen, gingen die Juden mit den Komiteeleuten und machten eine Sonderabgabe, und das Münzgeld und die Lebensmittel wurden beschlagnahmt, die Kommissare setzten sie uns vor, die nicht nur das ganze Gut bei lebendigem Leib verlangten, sondern auch noch allerlei Reste – Lumpen, Hörner, Hufe, pfui Deibel, was noch alles. Diese Russen und Roten waren die fürchterlichsten Habenichtse. Selbst aßen sie nichts, und den Menschen gaben sie nichts. Im 18. und 19. Jahr, sagte die Großmutter, säte auch niemand wirklich: Es gab nichts und niemanden zum Säen, und wie dumm wäre man auch, säen, ernten, damit es dann doch alles weggeholt wird. Manche trieben Rinder und Pferde gar in den Sumpf, versteckten sie dort. Wer noch unter den Russen ausgesät hatte, konnte unter den Polen wenigstens noch ernten. Die ließen den Menschen wenigstens etwas übrig, das waren nicht solche Halsabschneider.

Und im zwanzigsten Jahr, da spielte sich mein Väterchen Sauka hier ganz groß auf! Er hielt den Balachowzen die Hand. Spielte hier den Herrn, und die Herren empfingen ihn mit Brot und Salz auf Leintüchern. So fuhr er nach Nauhalnaje zum Rusalle-Fest und erblickte meine Mutter – mit offenem Haar und Blumenkranz, auf einem Fuhrwerk. Er schwärmte für Prosja, aber Prosja nicht für ihn. Sie war noch von kindlichem Gemüt. Marjanka schwärmte für ihn. Ja, Marjanka erinnerte sich noch bis zu ihrem Tod an ihn, so ein Prachtkerl, so eine gute Partie. An die Tochter erinnerte sie sich da schon nicht mehr. Also, wenn mein Vater kam, waren in den Dörfern alle so mit Wut erfüllt, dass sie schwarz wurden. Die Roten mit den Juden hatten alles fein säuberlich eingesammelt. Meine Großmutter ging fragen, ob die Abgabe auf das Pferd erlassen werden könne, da das Pferd gestorben sei, da drohten sie sie zu erschießen, weil sie das Pferd wohl selbst abgestochen habe. Danach kamen sie noch und sammelten die »Selbstbesteuerung« ein. Kommissarin Sauerman stand auf der Tatschanka, die Haare hochfrisiert, Lederriemen um die Brust, und sagte: »Ihr geht hier zugrunde, aber Nauhalnaje erbringt auf jeden Fall sechshundert Rubel Selbstbesteuerung! Verkaufen Sie irgendwas aus der Wirtschaft und bringen Sie Geld!« Aus der Kirche hatten sie die Abgaben geplündert, die Ikonen zerdrückt, den Priester ausgeraubt und weggebracht. Und unsere flüstern nur – die Juden sind schuld, bald zwingen sie uns auch noch ihren Glauben auf.

Also die Unsrigen nahmen die Juden und die Roten aufs Korn, und da kommt Sauka! Er ging zu den Balachowzen, und Balachowitsch gab ihm so ein Papier, dass er hier der Herr ist. Er und Karatkjewitsch aus Ubibazki spielten hier die großen Herren. Tauchten in den Dörfern auf, scheuchten die Juden auf, und dann versammelten sie sich zu einem Marsch nach Lipjen, um die Rotjuden zu schlagen. Als er mit meiner Mutter zusammenkam, war sie noch ein Kind, ein kleines Mädchen, er schon über dreißig, ein Stier. Ich erinnere mich nur schwach an ihn, ich war drei, als er zum letzten Mal zu Prosja kam, hierher, in dieses Haus. Ah, sagte er, wer ist denn das? Das Töchterchen! Schau, Papa ist gekommen! Dann nahm er mich, erzählten sie, und warf mich so in die Höhe, dass ich mir den Schädel brach. Siehst du, noch heute ist hier unter den Haaren die Stirn entzwei. Marjanka saß dann und wickelte meinen Kopf in Verbände, auf ihrem Schoß hielt sie mich. Einmal kam mein Vater auf dem Pferd zu uns, einmal auf der Tatschanka, dem schweren Kampfwagen mit Gewehr, im weißen Leinenrock, mit weißer Mütze, und pfeifen konnte er gut. Er kleidete sich gut und ritt gut, er hatte vor niemandem Angst, die grausame Seele. Einmal zündete er meinem Katerchen die Schnurrhaare an und lachte laut, als ich mich mit dem Tier unter den Ofen flüchtete und weinte. Aber was sind schon der Kater und ich gegen die Juden von Lipjen, die er noch viel mehr das Fürchten lehrte. Als die Polen schon fort waren, machte er sich zum Zaren und Gott. Bolschewiken, Miliz, Kommissare, Armutskomitee – alle lagen mit durchgeschnittenen Kehlen im Wald. Den Landvermesser Rasumowitsch erschossen sie und stopften ihm Erde in den Mund, den Vorsitzenden des Dorfrates in Malyje Wolyja erschossen sie durchs Fenster so, dass sein Blut über alle Listen der Beschlagnahme von Produkten floss und sie später niemand mehr lesen konnte. Drum eben haben sie in Wolyja niemandem etwas weggenommen. Den Milizionär Damezka, der den Leuten das letzte Körnchen ausgekratzt hatte, henkten sie öffentlich. Das war ein Fest! Die Frauen spuckten ihm ins Gesicht. »Weißt du noch, Damezkalein, wie ich dich bat, mir die Kuh zu lassen, und du mich mit dem Revolver verjagt hast? Jetzt gehst du endlich dorthin, wohin schon meine hungrigen Kinder gegangen sind!« So sprachen sie. Das hat mir die Großmutter erzählt, ich habe alles aufgeschrieben, alles. Und Sauka lief umher, durchkämmte alles wie mit dem Striegelkamm, und die Juden flohen vor ihm zu Fuß nach Babruisk und Hlusk und Homel, aber in diesem Frühjahr gab es für sie nirgends Rettung. »Die Bahalewzen kommen, die Bahalewzen.«

Meine Großmutter Marjanka sagte immer, dass in diesem ganzen Winter und Frühling die Sterne blutrot standen, das bedeutet Leid. Die Juden zogen wie Kraniche in langen Reihen nach Lipjen zur Synagoge, im Glauben, dass die sowjetische Macht sie dort schützt. Getäuscht haben sie sich! Niemandem waren diese Juden dort lieb, niemandem! Mein Gott, mein lieber Gott, warum nur tat man ihnen das an? Ich verstehe ja, die unverwüstliche Sauerman oder Hirsch Kuzur liefen mit Pistolen herum und sammelten Abgaben und Lebensmittel ein. Aber was haben sich die von der Nowaschydouskaja-Straße oder die aus Ljaskawitschi zuschulden kommen lassen? Acht Familien wurden in Ubibazki von den eigenen Nachbarn mit dem Schmiedehammer erschlagen – drum eben nennt man sie alle bis heute Schmiedehämmer. Wer aus Ubibazki kommt, ist ein Schmiedehammer. Lejsar aus Asnitschki wird sagen: »Sieben Mächte, dicht an dicht, die Knochen der Juden zählst du nicht.« Erst kamen die Deutschen und jagten die Juden, dann kamen die Polen und jagten die Juden, dann kamen die Sowjets, und die Juden atmeten ein bisschen durch, dienten sich der neuen Macht an, weil die versprochen hatte, Hurra! Es kommt die Internationale. Aber es haben ja nicht nur die Juden den Sowjets gedient. Parchimowitsch und Raschtschenja fuchtelten auch mit Revolvern, stachen mit Bajonetten in der Erde herum – gebt Brot für das werktätige Volk! Gott, welches werktätige Volk? Wir sind hier das arbeitende Volk, wir darben in diesen Sümpfen.

Am 20. Mai teilten sie in den Dörfern mit, dass Bahalewitsch auf dem Weg nach Lipjen sei. Die Hofbesitzer sollten die Fuhrwerke anspannen und sich das jüdische Hab und Gut holen. Marjanka sagte, dass das kein Wunder sei, denn in diesem 21. Jahr hatte es neun Mächte gegeben und neun Fieber; die Schweißsucht, der Scharbock, die Pest, der Typhus und die Cholera wehten durch die Dörfer, nachdem ein Mädchen im Aros die Bettwäsche der kranken Tante gewaschen hatte. Sie selbst starb, und alle kleinen Dörfer entlang des Aros hat sie angesteckt. Also kamen die Doktoren aus Lipjen gefahren und kippten Essig und Vitriol über Gestank und Aborte. In diesen Jahren starben die Kinderlein, denen die Großmutter einst auf die Welt geholfen hatte, wo auch nur der Hund mit dem Schwanz wedelte. Wohin du schaust, kleine Gräber und kleine Kreuzlein, erzählte sie. Die Leute gingen an Hunger und Bosheit zugrunde, sie mussten das Böse durchbrechen. Als also welche riefen, dass es gegen die Juden geht, standen viele auf. Meine Großmutter, die darüber schon wütend war, ging zur Wegkreuzung, an der das Kreuz der Vergebung steht, und rief: »Leute, wohin fahrt ihr, was macht ihr! Fahrt nach Hause, bringt euch nicht das Leid auf den eigenen Rädern ins Haus!«

Der junge Schtscharbatschenja kehrte um, das war gut. Aber viele andere fuhren. Und so erschlugen die Unsrigen die Juden in Ubibazki, in Sjaredsibar, in Brody, Bazjuki, in Berwa Wysokaja, in Jaremitschi, Werazje, in Kamjaschytschy und Wostryja Jelki, in Lapatschowyje Brody und Swiszina. Sawos Chalajom fuhr mit Federbetten und Samowar auf dem Wagen, und der Samowar und die Federbetten waren voller Blutspritzer. Seiner Agapa brachte er eine Nähmaschine heim. Alle wussten, wessen Nähmaschine das war und was mit dieser Familie geschehen war. Im Krieg verriet eine Nachbarin Agapa wegen dieser Nähmaschine an die Deutschen, erzählte ihnen, Agapa nähe Stiefel für die Partisanen. Agapa und ihre Kinder wurden erschossen, die Nähmaschine holte sich die Nachbarin. So hatte sich Agapa mit ihrem Sawos das Gute aufgehalst!

Durch die Dörfer zogen drei jüdische Mädchen, zehn oder zwölf Jahre alt, wunde Füße, hinterließen Blutspuren auf dem Weg, wie die Gottesmutter, und baten: Gebt uns zu essen, unsere Eltern liegen erschlagen in Hlusk, wir sind entkommen. Und sie bekamen zu essen, und ihre Füße wurden verbunden. Doch weit kamen diese Mädchen nicht. Bei Sjaredsibar vergewaltigte sie einer und zerstückelte sie.

Nun gut, warte. Am 22. Mai kam eine alte Jüdin mit ihrem kleinen Sohn zu uns nach Aredeber. Ich erinnere mich gut an jenen Tag. Der Jüdin fehlte ein Auge – es war zugeschwollen, und Blut floss heraus. Meine Großmutter versteckte sie also. Weil diese Temma auch nur ein Auge hatte und ganz zerschunden war, hatte Marjanka Mitleid und schickte sie in den Keller. Sie sagte ihnen aber: Ihr seid in die Höhle des Wolfes gekommen, hier lebt Sauka Bahalewitschs Familie, wenn er kommt und euch im Keller hört, erschlägt er euch wie räudige Hunde. Temma antwortete, dass er sie nicht hören wird, denn Orka spräche nicht, es habe ihm die Sprache genommen. Und sie erzählte auch, was mein Vater in Lipjen angerichtet hatte.

Bahalewitschs Leute rückten mit Einheiten aus zwei Richtungen auf Lipjen zu, hinter ihnen fuhren die Herren auf ihren Fuhrwerken. Sie ließen sich Zeit und erschlugen unterwegs noch die Juden in den Dörfern. Auf der dritten Seite waren sie nicht, dorthin fuhren die Juden aus der Stadt, um Schutz zu erbitten, dorthin, wo die rote Sowjetmacht stand. Sie nahmen Geld und einen Zettel mit, den Abram, Rachmiel, Barys, Alter, Michel, Benzion, Morduch, Hirsch, Scholam, Lasar und 18 Schreibunkundige unterschrieben hatten. Michel und Temma teilten darin mit, dass »Banden von Deserteuren und Banditen, angeführt von Bahalewitsch, die Dörfer um die Stadt Lipjen überfallen, alle Juden samt und sonders geplündert, jüdische Frauen vergewaltigt, mit Sicheln zerteilt und die Alten mit Schmiedehämmern erschlagen haben. Wir bitten das Amtsrevolutionskommissariat und das Amtswehramt um die zeitweilige Zuteilung von Gewehren. Mit unserem Leben und unserem Besitz bürgen wir dafür, dass diese Waffen nicht gegen die Sowjetmacht eingesetzt werden. Sobald der Amtsbezirk von den Banden befreit ist, werden die Waffen dem Amtswehramt zurückgegeben. Zu unseren Anführern wählen wir die Bürger der Stadt Lipjen Kaptschyz und Barenboim, was wir mit unserer Unterschrift bestätigen.«

Und alle unterschrieben. Doch sie hatten die Cholera gefressen und mit Gift nachgespült. Die Roten aus Sluzk und Saretschscha kamen erst am dritten Tag – um die Toten von den Straßen aufzusammeln. Die Lipjener Juden baten, wo sie nur konnten, um Mitleid und Erbarmen. Sie sammelten einen Krug voll Gold und brachten ihn zu Balachowitsch nach

Masyr, damit er Bahalewitsch ein wenig zähmen möge. Der behielt das Gold, unternahm aber nichts.

So erreichten die Bahalewzen also Lipjen. Mein Väterchen ließ alle auf dem Pferdemarkt bei der Synagoge antreten und zeigte mit der Reitpeitsche (er hatte eine Reitpeitsche mit Schlangengriff, ein gutes Stück, wenn man sie lange anschaute, erwiderte die Schlange den Blick) auf die Synagoge und auf die jüdischen Häuser, die Eisendächer hatten: »Geht zuerst dorthin, wo Eisen auf dem Dach ist, und nehmt alles bis zur letzten Diele auseinander – dort werdet ihr Gold finden.« Die Unsrigen rührten Bahalewitschs Leute nicht an, aber bei den Juden rissen sie die Fußböden auf, die Dachkammern, die Keller und die Öfen. Gebt uns, sagten sie, Gold und Gewänder. Nun, vielleicht haben sie bei jemandem auch Gold gefunden. Aber mir ist davon nichts bekannt. Was für Gold sollen die Lipjener Juden denn haben? Aus Wut begann die Meute dann, alle Jüdinnen aus ihren Verstecken zu holen. Sie vergewaltigten alle – die jungen Mädchen, die alten Mütterchen, die schon kurz vor dem Tode standen, die Schwangeren. Der Dorfarzt Lapotka schrieb später nach Sluzk, dass es im Städtchen keine jüdische Frau mehr gibt, die nicht vergewaltigt wurde. Davon kam dann auch der Tripper. Aber wen kümmerten schon Tripper und Brüche? Die schlimmste Krankheit auf der Welt ist der Mensch selbst. Hat er einmal Blut und Gewinn gerochen, hält ihn nichts mehr. Dann ist es aus! Ich sag's dir einmal so: Vielleicht war mein Vater gar nicht so ein Unmensch. Vielleicht wollte er gar nicht, dass es so kommt. Aber die Männer waren jung, es war Krieg, sie tränkten ihre Augen mit Schnaps und zogen los, einander zu necken und aufzustacheln.

Diejenigen Juden, die ihre Familien und ihre Habe zu schützen versuchten, wurden niedergestreckt. Denjenigen, die um

Gnade bettelten, wurde gesagt: »Ich brauche nicht dein Geld, ich brauche deine jüdische Seele. Ich schüttele sie aus dir raus.« Dem alten Ruwim, der Halfter nähte, zerdroschen sie den Schädel bis zu den Zähnen. Michel wollte sein Geld nicht rausgeben – also hängten sie ihn am Tor auf. Dann hängten sie sich an seine Beine und schaukelten daran, betrunken und grölend. Nochim, der Bäcker, gab seine Töchter nicht her, also trennten sie ihm die Augen heraus und schnitten ihm streifenweise die Haut vom Körper und streuten Salz darüber. Glücklich waren die, die einfach eine Kugel in die Stirn bekamen! So ist das hier bei uns in Lipjen Mode – wenn was ist, dann wird misshandelt: Arme und Beine ausrenken, dass es knirscht, Augen ausstechen, Haut streifenweise abziehen und Salz drüberstreuen. So sind die Leute hier. Kommt alles von diesem Torfmorast. Temma und Orka waren aus dem Hause Barenboim, sie überlebten als Einzige; Temma schlug nur einer mit der Peitsche das Auge aus (vielleicht mein Vater, wer weiß das schon). Sie griff Orka am Arm und versteckte sich im Abort, bis zum Hals standen sie in der Kacke und hörten, wie die ihr Haus zerlegten. Bei Barenboim hatte sich die ganze Familie versammelt, sie saßen und beteten. Die alte Kejla hatte sich vor Angst vollgemacht, also bat sie darum, sich vor dem Tod waschen zu dürfen, weil man sauber vor Gott treten soll. Sie schlugen ihr auf den Kopf, dass es spritzte. Bei den Barenboims waren die Wände bis zu den Türklinken mit Blut verschmiert, die Fußmatten saugten sich voll, das Blut floss in den Keller. Dann nahmen sie sich in diesem Keller jeden einzeln nacheinander vor. Holten sie hinunter und vergingen sich an ihnen. Den Frauen schnitten sie die Brüste ab, brachen jedes einzelne Knöchelchen, den Männern schnitten sie Hände und Füße ab. Und wollen dann nicht wissen, wer es war. Ich weiß, wer es war. Andriaschs Söhne.

Als die zweiten Deutschen gekommen waren, haben sie dasselbe mit der Lehrerin gemacht – sie schnitten ihr die Brüste ab und schickten sie bei lebendigem Leibe durch die ganze Straße, streuten Salz in die Wunden und sagten: Das ist für die Fünfen und das für die Einsen. Sie lief, setzte ein Bein vors andere, die Augen ganz nach oben gedreht. Das waren Andriaschs Söhne! Sie waren Bahalewitschs Aufruf mit dem Fuhrwerk gefolgt, und auf der Ladefläche hatten sie Sägen, Beile, Brecheisen und Dreschflegel. Wofür, sag mir, brauchen die Dreschflegel, wenn nicht um Menschen zu dreschen? Sie waren doch so gläubig und gottesfürchtig, und doch redeten sie diesen Unsinn, dass die Juden Christus töteten und Kinderblut in die Matze mischen.

In der Nacht krochen Temma und Orka hervor, liefen die Nowaschydouskaja bis zum Aros hinunter, schwammen durch den Fluss und saßen einen ganzen Tag im Hanf, hörten Schreie, Schüsse und Geheul. Dann liefen sie bis nach Nauhalnaje und klopften bei unserem Gehöft an. Wo waren sie da nur hingeraten! Geradewegs zu Bahalewitsch. Später kam mein Vater nach Hause, im Keller saßen die Juden, und oben lief Sauka umher.

Später vor Gericht, sagte Temma, habe mein Vater schweigend dagesessen, den Bart auf die Brust gedrückt. Erst zerrt der Wolf, dann zerren sie ihn. Unter den zweiten Deutschen, als schon die Unsrigen angezündet und gequält wurden, stand meine Großmutter Marjanka auf und sprach: »Nun sagt, haben euch die jüdischen Bettdecken gerettet? Haben euch die jüdischen Teppiche geschützt?« Ich sagte ihr: Großmutter, sie werden euch töten oder die Zunge rausschneiden für solche Worte. Sollen sie es nur versuchen, sagte sie. Und niemand rührte uns an, welchen Ton die Großmutterzunge auch anschlug. Weder die Roten noch die Deutschen, noch die Partisanen. Meine Großmutter half allen, worum sie auch baten – half bei Geburten, schnitt Nabelschnüre durch, versorgte Wunden, heilte Mundfäule, Typhus und Fieber. Und Schnaps brannte sie, Gott weiß woraus. Doch meine Großmutter achtete schon niemanden mehr. Weder Gott noch Teufel, noch Mensch. Was macht es für einen Unterschied, sagte sie – Deutscher, Russe, Pole oder Belarusse? Alles dieselbe leere Art, Männer. Wir hatten damals Hühner, eine schwarze Rasse mit langen Beinen. Als die kleinen Hähne herangewachsen waren, gab es auf dem Hof kein Durchkommen mehr. Die Augen pickten sie einander aus, zerfetzten einander mit ihren Klauen, griffen Menschen und Hunde an. Kein Durchkommen auf dem Hof. Also machten Großmutter und ich es uns zur Gewohnheit, ihnen mit der Gartentür die Hälse zu brechen. Schnappst sie an den Flügeln, zack und weg. Wir töteten sie alle. Was wir nicht selbst aßen, verkauften wir, und auf dem Hof kehrte wieder Ruhe ein. Vielleicht sollte man das überall in der Natur so machen: auf zehn Hühner ein Hahn.

Als die Sowjets dann wiederkamen, blieben sie auch. Sauka versteckte sich bis zum Herbst. Durch den Skordyna-Sumpf kam er zu meiner Mutter. Die Bolschewiken holten sie immer wieder zum Verhör – wo ist Bahalewitsch, wollten sie wissen. Meine Mutter wurde immer schwächer, weinte nur noch, wie groß die Sünde, wie groß die Schande sei. Uns ließen sie in Ruhe, da Temma ausgesagt hatte, dass wir sie vor den Banditen versteckt hatten. Schließlich sagte die Großmutter zu meiner Mutter: »Prosja, du musst ihn verraten. Ihn zerquetschen sie, und dich auch, wie eine Mücke. Aber wenigstens Darafejka bleibt verschont.« Meine Mama wurde an den Haken genommen wie ein Wurm, sie saß und wartete. Am Weihnachtstag kam mein Vater, schlief auf dem Heuboden, brachte der Mutter einen kleinen Silberspiegel, kniete vor ihr nieder und bat: »Vergib mir, Prosja, ich wollte nicht, dass alles so kommt.« Die Mutter zeigte den Behörden, wo er sich versteckt hielt. Mit offenem Hemd kam er vom Heuboden, zerbrach die Peitsche über dem Knie, warf sie vor sich hin und sagte: »Die Macht liegt bei euch. Mit der Peitsche erschlägst du keinen Beilrücken.« In Lipjen gab es eine Gerichtsverhandlung, danach erschossen sie ihn im Wald von Kaszjukowitschi, erzählt man. Erst dann kamen sie und holten meine Mutter. Begleitpolizist Lasewulkin, der sie abführte, keifte und schlug gar zu sehr. Handlangerin eines Banditen, Banditengesellin! Ihr Spiegelchen nahm er sich, und die Ohrringe, und mehr Weltliches war dann auch nicht in unserem Haus. Die Großmutter und mich rührten sie nicht an. Was mit der Mutter wurde und ob sie es noch schaffte zu gebären – sie war ja rund geworden –, wissen wir nicht. Sie zerquetschten sie wie eine Mücke. Dem Vater hatten sie Gnade versprochen, wenn er all seine Männer herholt, sich zu ergeben, aber das war gelogen. Ich bin ihnen dafür nicht böse. Mein Vater hat selbst vielen Menschen Böses angetan. Ich bin böse, dass sie meine Mutter zugrunde gerichtet und mich auf ewig zur Waise gemacht haben. Ich hatte nicht einmal ein Grab, zu dem ich gehen konnte, wenn ich mich ausweinen wollte, weil etwas nicht gelang. Alle Mädchen, die Waisen waren, gingen zu ihrer Mama ans Grab, baten um Rat oder luden sie zur Hochzeit ein. Ich hatte nicht einmal ein Grab. Was hatte sie sich denn zuschulden kommen lassen? Hatte sie diesen Bahalewitsch gewählt? Er kam, schnippte mit dem Finger – das war's. Auch Großmutters Kräfte hatten nicht geholfen. Bahalewitsch war einer wie sie, fürchtete weder Gott noch Teufel. Doch irgendwann bricht jeder Krug.

So waren wir nur noch zu zweit in Aredeber – meine Großmutter und ich. Ich trage den Familiennamen meiner Mutter – Sirasch. Vom Vater blieben mir nur der Vatersname und das Mörderblut. Irgendwo im Wald von Kaszjukowitschi tobt Sauka umher und beißt in die Erde, weil sich sein Blut mit dem eines Juden vermischt hat.

Pawel, dein Vater, ist still wie das Wasser im Mund. In ihm kämpft das Mörderblut mit dem jüdischen, drum eben. Mörderblut ist stark – gießt du es auf einen Stein, steigt es auf, zischt und windet sich wie eine Schlange. Das heilige Blut des Gerechten aber fällt auf den Stein – und hinterlässt nicht die winzigste Spur. Mischst du jedoch beide, kommt nichts Halbes und nichts Ganzes heraus, eine Mixtur. So sind Prosja, meine Mutter, und Pauljuk, dein Vater, still, wir beide aber sind böse. Auch Großmutter Marjanka war böse. Womöglich wird sie aber gerettet. Denn so boshaft und krumm sie auch war, sie war eine gute Hebamme. All die Kindchen, die gestorben sind – verbrannt oder während der Blockade im Sumpf erstickt –, reichen der Großmutter ihre Verbandstücher, und über diese kann sie den Feuerfluss in der Hölle überwinden. Vielleicht kann Großmutter auch über Feuer gehen, wie über den Morast. Ich erinnere mich so gern an die Sommer, in denen ich mit ihr durch die Sümpfe, Wege und Gründe gestreift bin und wir in fremden Häusern übernachteten. Sie bekam immer den besten Platz, alle achteten und fürchteten sie, damit sie bloß nichts anrichtete. Damals war sie schon sehr, sehr alt, krumm wie eine Ente, und doch eisenhart. Sie lief noch oft nach Lipjen, um mit der alten Barenboim Tee zu trinken und Kringel zu essen, und ich ging mit. Dort übernachtete ganz Nauhalnaje, wenn Kirmes war, und alle wunderten sich, warum Marjanka Orka und seine Mutter gerettet hatte, wie sie das entschieden hatte. Ein Verwandter Temmas, auch ein Überlebender, saß jetzt in Lipjen im Amt und sagte, meine Großmutter dürfe niemand anrühren, als gäbe es sie nicht. Und niemand rührte uns an. Auch als sie die Heilerinnen unter Druck setzten und die Kuppeln von den Kirchen schlugen, ließen sie uns in Ruhe. Als sie kamen, um unseren Hof zu registrieren, ließen sie uns sogar die Hühner, weil sie schwarz waren mit feuerroten Schnäbeln. Sie sagten, die Hühner seien schwarz, weil Großmutter sie mit Ziegenmelkern kreuze und mit Fleisch füttere. Der Teufel weiß, was sie noch über uns sagten.

Die Sommer damals waren schön, zwischen den Kriegen, heiß und trocken, die Sonne stand hoch, und auch die Winter waren schön, die Tage weiß wie Kreide, die Nächte schwarz wie Pech. In jener Zeit kamen Rudel überaus gescheiter Wölfe hierher, von denen man sagte, es seien Werwölfe – helle, weiße Wölfe, die Geschmack an Menschen- und Pferdefleisch gefunden hatten. Denn davon gab es in den Wäldern damals Unmengen! Sie durchkämmten die Dörfer, fegten sie leer. Dein Vater beschwerte sich, dass die Wölfe nach Aredeber kommen und sich nach ihm die Lippen lecken, dabei wusste er nicht, dass sie beim Herrn Subarewitsch auf dem Gutshof sogar versucht hatten, mit ihren Pfoten die Riegel wegzuschieben! Als sie bei Swiszina den Schweinehirten geholt hatten, fraßen sie ihn fein säuberlich auf, nur das Hemd und ein Häuflein frischer, rosafarbener Knochen blieben übrig. Die Großmutter, das weiß ich noch, scheuchte die Hühner ins Haus, unter den Ofen, das Schaf samt Lämmern in die Diele, schloss auch mich

im Haus ein und verschwand. Die Wölfe heulten vom Sumpfrand her, dann vom Zaun und dann schon, so schien es, bei uns
im Hof. In diesen Sommern habe ich meine Angst verloren.
Später, nach den zweiten Deutschen, konnten sie diese Wölfe
zehn Jahre lang nicht ausrotten, schickten Soldaten her. Denn
die Wölfe waren so gescheit, dass sie über Leitern auf die Dar-
ren stiegen und Schafe über die Dächer hinauszerrten. Gerissen und rausgezerrt.

In den Sümpfen hier war es furchtbar, Sumpflöcher wie
Fenster, einmal steht eine kleine Krüppelkiefer, darunter Moos,
du trittst mit dem Fuß darauf – und darunter ist nichts, ein Abgrund –, und schon fliegt der Mensch aufrecht hinab. Nur meine
Großmutter und der alte Harwata kannten sie. Jedes Stückchen
Trockenholz kannten sie, jeden Erdhügel, jeden Strauch. Meine
Großmutter ging allein, Harwata aber führte alle, die zahlten
und ihn im Gegenzug in Ruhe ließen. Die Deutschen, die Polen,
die Roten, Polizisten und Partisanen führte er. Und keiner er-
schlug ihn. Er kannte den Sumpf, und er kannte alle Leute, aus-
nahmslos, wer wo und wie wohnte, in den Gehöften, den Gü-
tern, den Adelssitzen und den Dörfern. Er wusste, bei wem
welches Gut versteckt war, wie viele Rinder in den Ställen und
im Sumpf. Meine Großmutter tat sich nicht hervor und erzählte keine Geschichten, aber er kroch aus dem Sumpf, ganz
verschwollen und zerstochen, kippte sich einen hinter die
Binde und schnatterte drauflos, er habe Stawaschaus ertrun-
kene Schafherde gesehen, samt Mischa dem Hirten, ganz blau,
zähneklappernd, Wasser läuft aus ihm heraus, der sagte: »Väterchen, gebt mir einen Schafspelz zum Aufwärmen.« So einer
war Harwata – ein Wichtigtuer und Ehrgeizling, der nur sich
selbst liebte, und keine Obrigkeit hat ihn je angerührt. Wer
auch immer daherkam, Harwata war satt, betrunken und hatte

die Nase im Tabak. Riesige Sümpfe haben wir, undurchdring-lich, doch der Mensch hat weder Schutz noch Rettung. Wenn sie nur wollen, kriegen sie dich und treiben dir die Seele aus, einmal die Wölfe, einmal die Mächtigen.

IV.
WAS SUCHST DU, WOLF? –
WAS NOCH ÜBRIG IST

Im Jahre 1927, als ich schon wieder bei Sinnen war und die Menschen ein wenig zum Leben zurückgekehrt waren und gegessen hatten, kam das nächste Unheil über uns. Wir saßen gerade in Lipjen, in Temmas neuem Haus, als Moische, ein Parteiling, hereinkam und sagte: »Nun, Tantchen, das neue Leben kommt. Genossin Sauerman sagt, wir siedeln alle in die Genossenschaft und machen den Kulaken, den Weißpolen und den Banditen den Garaus.« Und so machten sie sich ans Werk. Pawel Padsjarycha kam aus der Armee zurück und wurde Vorsitzender in Wostryja Jelki, Orka wurde sein Sekretär. Orka war damals schon fast 15, er wurde ein Vorzeigekomsomolze, baute die kleine Synagoge in ein Kulturhaus um und organisierte dort Aufführungen. *Pan Surynta* wurde gezeigt, der Autor Halubok selbst kam her – so sagten sie auch: »Halubok ist hergeflogen und macht ein Stück.« In Lipjen war damals Mosche Fajnschtajn der Rabbiner der Juden, der Meister der Meister, und er rief Orka zu sich und sagte: »Orka, der Mensch soll im Leid wie das Schilf sein, im Glauben aber wie eine Zeder. Unter Bahalewitsch warst du wie Schilf, du beugtest dich und hast überlebt, aber jetzt, wo du wie eine Zeder sein solltest, krümmst du dich wie Schilf. Wohin gehst du, Orka, und mit wem? Wohin ziehst du dein Volk?«

Orka entgegnete ihm: »Meister, bei uns hier wachsen keine Zedern, sondern Kiefern und Tannen. Ich verstehe eure Lehren nicht, eure tausend Redensarten, ich werde nach meinem Verstand leben, die Internationale bauen, in der auch die Juden einen Platz haben werden!« Temma sagte, der Meister Mosche sei ein großer Mensch, aber auch Orka würde ein Großer in seinem Volke werden oder in einem fremden. Möge er groß sein, damit sie ihn leben lassen.

Zu jener Zeit schickten sie uns nach Lipjen aus Wjalejka den Schardyka Salwes, der war aus Hljatouskaje, wie auch mein Vater, und alle sagten, dass dort aus Hljatouskaje, dass dort solche Schufte herkommen wie Bahalewitsch und Schardyka. Die Vorsitzenden der Dorfräte bekamen ihr Geld für jedes entsiedelte Gut und jede vertriebene Familie, und so liefen sie herum und schrieben Listen. Salwes fuhr selbst überallhin, mit ihm der Begleitpolizist Lasewulkin, der die Leute ins Gefängnis nach Sluzk brachte oder in den Wald von Kaszjukowitschi zum Erschießen. Dieser Lasewulkin ging zu Korbuts Franja nach Wostryja Jelki, schenkte ihr das silberne Spiegelchen mit Schuppenmuster, teuer, mit Niello-Gravur und Siegel der Sarezker Spiegelmanufaktur, und die Ohrringe meiner Mutter mit den blauen Flämmchen, und kam dann wieder, um dieselben Korbuts zu listen und umzusiedeln! Ein Schuft bleibt ein Schuft! Alle wurden samt Kind und Kegel auf Wagen gesetzt, wie Erbsen. Franja saß nur da – blickte einmal zum Vater, einmal zu Lasewulkin. Und dann starben sie in Solowki.

Orka fuhr damals mit herum, führte Listen und dachte sich schon seinen Teil. Ich ging zum Schreiblernpunkt nach Wostryja Jelki, wo mir Orka das Schreiben beibrachte. Manchmal saß er dort und korrigierte seine Listen. Kulakisches Eigentum, sagte er. Altes Haus, Diele, Tenne, Scheune, Keller, Stall, Darre, Hühnerstall, Kartoffelkeller, zwei junge Pferde, eine Kuh, zwei Kälber, ein Schaf mit Lamm. Strohschneider ohne Messer, alte

Holzräder, alter Pflug, alter Schrank. Als er die Korbuts auf-
schrieb, gab es da vierzig Pud diesjähriges Korn, zwanzig Pud
Heu, alte Schlitten, Liegen – 4 Stk., Kommode – 1 Stk., Wanduhr (geht nicht mehr) – 1 Stk., Spiegel, groß, für 40 Rubel, Spiegel, klein, Schuppenmuster – 10. Große Truhe zum Aufklappen,
Sessel für drei Personen mit Spiegel an der Rückenlehne, Nähmaschine – 1 Stk. Weißt du, sagte er, dass Lasewulkin mir diesen
Spiegel weggenommen hat? Bist ein Dummkopf, Barenboim,
sagte er, obwohl du Jude bist. Der soll zehn Rubel wert sein? Das
ist Silber, Niello, mit Siegel. Und griff sich den Spiegel. Der war
alt, trüb wie der Sumpf, wackelte leicht im Rahmen. Nimm ihn,
sagte ich, Lasewulkin, was sollte ich auch machen. Dieser Lasewulkin war ewig hungrig und knauserig, der würde sogar der
Kacke die Haut abziehen, wenn er sie verkaufen könnte.

Was machten sie nicht alles, diese Arbeitsbienchen. Fünf
Jahre lang zogen sie von Haus zu Haus. 1929, 1930, 1931, 1934
und 1937 holten sie 28 Leute aus Nauhalnaje, aus Ubibazki
18, Adam Scheschka warf sich ihnen mit der Axt entgegen, da
wurde er gleich auf der Schwelle erschossen. In Lipjen erschossen sie den Bäcker Jusik Mihun, weil er bei den Nationalde-
mokraten war, mit den Polen nach Polen gegangen und zurückgekehrt war, um den Sowjets Sand und Dreck in die Bröt-
chen zu mischen. Du lieber Gott, warum zum Teufel musste er
diesen Dreck reinschütten, wo doch das Kolchosmehl auch so
schon schwarz und voller Spelzen war? Lipjen hatte wirklich
kein Glück mit Bäckern, nicht wahr? Es war nicht genug, dass
sie den jüdischen Bäcker zu Tode gequält hatten, jetzt war auch
der belarussische dahin. Drum eben essen nicht mal Schweine
das Lipjener Kastenbrot. Sie sagen: Aus Jamluki nimm kein
Mädchen, aus Lipjen nimm kein Brot! Sauer ist es, bitter, un-
genießbar.

Die Menschen widersetzten sich dieser Kollektivierung, wie sie konnten. Schlachteten die Rinder, vergruben das Korn, verbrannten ihr Hab und Gut, damit es nur der Blutsauger nicht bekam. Im Kollektiv wollte keiner rackern. Sie riefen alle zusammen, wie die Juden zum Kahal, aber bei uns gab es ja auch Faulenzer und Säufer und Diebe – und alle kamen in einen Trog. Wenn du verfaultes Korn nimmst und es mit frischem mischst, verfault alles! In Wjalikaje Wolyja rissen die Wölfe alle Schafe auf der Darre und legten sie wie zum Hohn in einer Reihe nebeneinander. Und das nur, weil Andrej Hudwilowitsch vergessen hatte, die Darre zu schließen. »Ist nicht meine Darre«, sagte er, »dafür gibt es Brigadiere.« In Nauhalnaje ließen sie vierzig Hektar Heuschlag einfach liegen und gingen weg, das Heu gefror zu Eis. Dann harkten sie mit ihren Rechen über das Eis und lachten sich eins.

Alle, die sie nicht weggebracht oder erschossen hatten, jagten sie in die Genossenschaft. Die Einzelbauern drangsalierten sie wie Unmenschen. Für Begleitpolizist Lasewulkin gab es wieder Arbeit, und Genossin Sauerman verbrachte Tag und Nacht auf der Arbeit, bis die Feder stumpf war, sagte man, und unterschrieb Listen und Schießbefehle. Aber Schlingel wie Schardyka und die Andriasch-Jungs, die liefen herum wie Junghähne, seht her, da bin ich! Die Andriaschs hatten gesessen und waren zurückgekehrt, hatten ihre Schuld vor dem sozialistischen Vaterland freigekauft und sich bei der Miliz beworben. Mit Holstern liefen sie herum! Meine Großmutter sagte zu Orka: Na, Bahalewitsch kaut in der Erde seine knochigen Finger ab, aber diese Andriaschs, die den Deinigen Hände und Füße abgeschnitten haben, sind gesund und munter! Orka sagte darauf: Niemand, Großmutter, hat das gesehen, und niemand hat auf sie gezeigt. Gut, da es niemand gesehen hat, haben sie sich dann noch unter den zweiten Deutschen bewiesen. Aber bis diese Deutschen kamen, fraß man sich hier auch untereinander auf. Wo sind die Pferdeknechte, die Fahrer, die Brigadiere, wo sind all die unglücklichen Kulaken, die gerade einmal eine dürre Kuh und ein Hanfseil besaßen? Wo sind die Karauhenjas, die Lautschenjas, die Kruhlenjas, wo ist Förster Patorski mit Familie? Die Güter zogen sie mit zu den Dörfern. So gibt es Wuhlyja und Wjarchi nicht mehr, kein Hrady und Peratok, kein Humnischtscha, kein Dsjamenizy, kein Saniwy und auch nicht Chrasty, Simowischtschy und Famin Roh. Früher gingen wir mit der Großmutter überallhin, halfen den Leuten, übernachteten und kehrten heim. Aber jetzt sagte Orka, dass mit den Heilerinnen dasselbe passieren solle wie mit den Kulaken und Popen, wenn die Großmutter so weitermacht. Bleib zu Hause, Marjanka, halt still. Und so hielt sie still. Als ich groß genug war, schickte sie mich manchmal los – ein Kraut zustellen, einen Fluch zerreden. Damals konnte ich das noch nicht gut. Gut habe ich es erst im großen Krieg gelernt, bis zur dritten Blockade konnte ich schon alles. Doch wem hat es geholfen?

1929 kam Orka gelaufen und erzählte: Wir werden den Sumpf trockenlegen! Man hat uns den Genossen Padsjarycha geschickt, einer der 25.000, Eisenbahner, Rotarmist, er kann alles, weiß alles, hat den Verstand wie Suppe gelöffelt.

Und wieder ließen sie sich aus, dass das Wäldchen rauschte. Es gab kein Entkommen. Die Sauerman'sche befahl allen Jungen und Alten, in den Schreiblernpunkten und Schulen zu lernen. Da ich schon nach Wostryja Jelki ging, blieb ich da, obwohl in Nauhalnaje eine eigene Schule gegründet wurde. Aber dort waren nur ganz Kleine, also kroch ich lieber durch den Sumpf nach Wostryja Jelki, wo auch Jugendliche, von 13 bis 18, und Ältere unterrichtet wurden. Wer älter als fünfzig war, wurde nicht unterrichtet, altes Aas, was soll man da noch lehren.

An Lichtmess beteten Großmutter und ich stets für die Sümpfe, dass die Sumpfgeister und Wassermänner keine Schafe holten und keine Betrunkenen ersäuften. Wir nahmen zum Beispiel einen Klumpen Butter, wickelten ihn in einen sauberen Lappen, und im rechten Auge von Aredeber versenkten wir ihn. Unsere Sümpfe waren zwar furchteinflößend, doch sie haben nie so viele Menschen geholt wie die Menschen selbst. Die Fräuleins Dabrawolska, General Shylinski und Herr Subarewitsch trockneten den Sumpf ein bisschen. Ich erinnere mich, Subarewitsch ordnete im Gut Asnitschki an, Salz zu streuen. Die Asnitschker streuten, und ganz Lipjen lachte sie aus. Seit dieser Zeit lachen alle über die Leute von Asnitschki, dass sie Salz säen, mit Schöpfkellen den Sumpf ausschöpfen, die Sonne in Säcken in die Häuser tragen, weil die Fenster so klein sind. Du musst gar nicht zugeben, dass du aus Asnitschki kommst – du wirst ausgelacht. Sie hatten ja den enorm verständigen Herrn Subarewitsch, der ihnen von großen Fenstern erzählte, von russischen Öfen, dass sie nicht schwarzbrannten, den Boden düngten und die Sümpfe austrockneten. Doch die Menschen werden auch in hundert Jahren noch über die Leute von Asnitschki lachen. In Jamluki hatten sie eine Polizeistation errichtet, danach heiratete in den anderen Dörfern niemand mehr jemanden aus Jamluki. Sie sagten, von da nehme man keine Schweine und erst recht keine Mädchen. Dafür halfen sie dann später den Deutschen.

Subarewitsch sagte, man müsse die Sümpfe vorsichtig austrocknen, da das Wasser tief in die Erde zurückgeht und selbst der Brunnen Weißer Pfahl austrockne, der bis zum Mittelpunkt der Erde reicht, zum weißen Paradies, drum eben heißt er auch Weißer Pfahl.

Und dann kamen sie, mein Täubchen, nach Wostryja Jelki, diese Kommunarden, und schwärmten aus wie Fischlein – zogen Gräben mit Pferden, selbst zerlumpt, zerstochen, furchterregend wie Teufel, im Sumpf bis zu den Augen. Und Orka Barenboim geht auf und ab und notiert, wie viel sie ausgehoben haben.

Die Leute strömten nicht gerade in diese Kommune, deshalb entsandten sie hierher, was sie eben kriegen konnten. Russen aus der Armee und arme Juden, die nirgendwo sonst hinkonnten. Auch die Mädchen wollten keine Kommunarden heiraten. Denn sie trugen alle nur ein Paar Schuhe und einen Gehrock oder schäbigen Mantel. Sie fuhren in diesen Schuhen und Röcken auf Brautschau durch die Dörfer und Höfe. Da wurden sie ausgelacht: »Was bist du denn, Adliger oder Jude? Wenn du ein Adliger bist, weshalb trägst du denn die Schöße lang wie ein Jude? Und wenn du ein Jude bist, wo sind deine Pejes?« Sie liefen von Gutshof zu Gutshof, wie bettelnde Alte. Wir hatten reiche Höfe, herrschaftliche. Damals lobten sie noch alle, lobten, aber als dann der harte Auftrag für Brot kam, stöhnten auch die Gutshofbesitzer. Ab 1927 wurde von den Höfen alles geholt, was zu finden war, 1929 dachten sie sich dann die »Umpfropfung« aus, alle mussten ins Dorf ziehen, ob man wollte oder nicht. Bei uns sagte man, dass das Umpfropfen bedeute, dass die Höfe in die Dörfer und Siedlungen kommen. Die Gutsherren hatten die Kommunarden ausgelacht. Nun lachten die Kommunarden über die Gutsherren. Die Kommunarden besorgten sich Schuhwerk, Traktoren und eine Schmalspurbahn. Und sie nahmen die Mädchen, die sie haben wollten. Pawel Padsjarycha wollten alle

heiraten, er war wirklich ein gewandter Kerl. Er nahm schließlich unsere Paraska aus Sabjarwetscha, das beste Mädchen in
ganz Lipjen. Und setzte sie auf den Traktor.

Orka klebte an diesem Pawel, lief ihm mit offenem Mund
hinterher, und ich klebte an Orka. So liefen wir oft tagelang
zu dritt umher. Die Großmutter begann zu schimpfen, dass ich
zu Hause gar nicht mehr auftauchte und manchmal komplett
bei diesen Kommunarden wohnte. Sie schliefen alle nebeneinander, nur Padsjarycha und Paraska hatten einen Verschlag –
acht Quadratmeter, ein Schweinestall, aber sauber und mit
Büchern vollgestopft. Pawel stand auch am heiligen Sonntag
mit der Sonne auf, setzte sich auf ein Pferd, nahm eine Feldflasche mit Milch und ein Stück Brot und ritt nach Lipjen zur
Volksschule. Dort las er Bücher und fertigte technische Zeichnungen an, am Montagmorgen kehrte er nach Wostryja Jelki
zurück. Völlig zerzaust, die Augen gerötet, selbst das Pferd zog
die Beine hinter sich her.

Pawel stammte aus Saretschscha, dort war er neben der Eisenbahn aufgewachsen, von der Landarbeit hatte er wenig Ahnung.
Das ist nur gut, sagte er, Darfejka, dass ich nichts verstehe, denn
bei unseren Bauern kann man sich nur dunkle Vorstellungen
und Aberglauben abschauen. Mit Orka stritt er oft über diesen
Aberglauben, denn Orka schrieb alles auf, was meine Großmutter zusammenredete, jeder alten Hexe lief er hinterher und
schrieb Lieder und Reime auf und was sie wann und wie aussäten. Pawel dagegen holte alles aus Büchern, nur aus Büchern.
»Ich«, so sagte er, »liebe Technik, dass es richtig juckt. Bin mit
Dampfloks aufgewachsen. Dann rief mich die Armee, da kam
ich zur Kavallerie, danach bat ich um Versetzung zur Artillerie,
und dort erfuhr ich vom Aufruf zu den Kommunarden – die

Mariensümpfe und die Skordyna-Sümpfe zu verbinden. Herr Subarewitsch, die Dabrawolska-Schwester und Herr Shylinski taten gar nichts, weil es an Händen fehlte, und diese Herbeige- holten, die arbeiten, wie Feuchtes brennt. Stellt euch doch vor, wie sich die Menschen selbst ein neues Leben aufbauen. Also ging ich zum Divisionskommandeur und sagte: Lassen Sie mich gehen und geben Sie mir sieben Freiwillige mit, damit wir ein starkes Rückgrat bilden, dem sich die Menschen an- schließen. Der Kommandeur wollte schon dem NKWD Mel- dung machen, dass ich die Truppe zersetze, aber dann sagte er, gut, Padsjarycha, ich werde es nach Minsk melden. Wir wurden also nach Minsk einbestellt, zum Volkskommissar Pryschtschepau. Jung war er, dieser Pryschtschepau, vielleicht noch keine dreißig. Genau wie ich. Er bat also alle anderen, den Raum zu verlassen, und sagte dann zu mir:

– Pawel, wofür brauchst du diese Kommunen, die funktio- nieren nicht bei uns. Der Belarusse liebt es, auf seinem Eigen- tum zu sitzen, auf dem Gutshof, die geballte Faust in der Ho- sentasche. Mein Vater war ein Kleinbauer, ein Dutzend Kinder, aber für seine Scholle hätte er jedem die Kehle durchgebissen. Wir haben diesen Boden mit unseren bloßen Händen bestellt. Und du willst diese Leute in die Kommune jagen? Das wird nichts, Pawel. Wir müssen die Gutshöfe entwickeln, aber nicht so wie jetzt. Ich war in Dänemark, dort ist der Boden karg wie bei uns, aber die Menschen bewirtschaften ihn mit Kultur. Sie verteilen Dünger, züchten Tiere. Dort ziehen sie ein Schwein in einem halben Jahr auf, und es wird groß wie ein Heuhau- fen. Unsere werden drei Jahre lang gefüttert, und doch gibt es nichts zu sehen – mehr Rüssel als alles andere!

– Smizer Chalimonawitsch, sage ich, ich bin ja auch für eine neue Ordnung! So einen Dünger wie in Dänemark brauchen wir nicht, denn wenn wir den Sumpf trockenlegen, haben wir Torf, und darauf wächst alles wie der liebe Wind!

– Nun, wenn ihr den Sumpf trockenlegt, wird es riesige Flächen geben, aber Torf ist keine Schwarzerde. Schwarzerde liegt schwer wie Stein und wird so liegen, aber Torf ohne Wasser ist Staub, ein Windhauch, und weg ist er. Er fliegt, er brennt. Hast du nicht davon gehört, wenn die Moorseen trocknen und sich erhitzen, braten sie dort ganze Wildschweine.

– Wir haben alles gut überlegt, es gibt noch die Pläne von General Shylinski. Und es ist günstig, man kann mit Lehmröhren das Wasser zuleiten und die Gräben mit Pferden und Menschen ziehen. Die Armee gibt sieben Leute, wenn Sie uns Technik geben würden, wäre das gut …

– Ich werde dir Technik geben, Padsjarycha. Aber du wedel dort nicht mit dem Säbel, wie du es von der Kavallerie kennst. Wer auf seinem Eigentum leben möchte, den lass in Ruhe, soll er so leben. Wer in die Genossenschaft, die Kommune oder die Sowchose will, den nimm. Zieh sie nicht in die Deichselgabel. Versteh einfach, wir können uns nicht mit den Russen vergleichen, die haben ein Jahrhundert in der Obschtschina gesessen, sie leben diese Dorfgemeinschaft wie die Juden den Kahal. Aber wenn wir hier mit Gewalt diese Gemeinschaft einführen, ersticken wir alles, dann wird die Arbeit noch Schaden bringen. Und wenn du Druck ausübst, dann hängen sie sich zum Trotz auf. Das sind Belarussen, eigensinnige Lumpen, einer wie der andere. Nein zur Umverteilung, nein zur Abgabe, nein zum Diebstahl, und nur nach eigenem Beispiel.

– Aber wie können wir dieses Beispiel sein? Wir haben nichts. Nur Schuhe, und die sind löchrig.

– Das kommt alles mit der Zeit. Nimm von der Armee die ausgesonderten Pferde, geh zum Armeestab, wir geben dir

Traktoren. Ein Traktor zieht wie 32 Pferde und braucht keinen Hafer und kein Heu. Unsere Gutsherren versuchen ein so großes Pferd zu züchten, das im Winter allein das ganze Korn auffrisst. Pferde und Kühe sind vor Hunger an die Balken gebunden, das Pferd ist dafür groß. Wenn aber dieses Pferd stirbt, dann sind sie auf ewig Knecht. Sie werden sehen, wo es sich lohnt, werden verstehen und in deine Kommune kommen.

– Welche Traktoren werdet ihr uns geben?

– Zwei *Stalinez*, und wenn alles durchgeht, auch einen deutschen *Rübezahl*. Wir haben hier einen aus Moskau bekommen, von der Ausstellung. Eine unglaubliche Kraft, aber ein komischer Name – Rübezahl. Doch ich denke, für uns ist er gut, du wirst ungezählte Rüben ernten.

Wie beflügelt verließ ich Pryschtschepaus Büro. Später, als alles schon im Gange war, schickte er mich zur Weiterbildung ins Ausland. Nach Deutschland, nicht nach Dänemark. Von dort brachte ich die Schmalspurbahn mit, um Torf und Holz abzutransportieren. Doch das war schon viel später. Pryschtschepau selbst wurde für kleinbürgerliche Abweichungen abgesetzt und nach Masyr in die Wetterstation geschickt, aber auch dort fanden sie etwas gegen ihn, und er kam ins Sluzker Gefängnis. Dort, hörte ich, hat er sich aufgehängt. Mehr weiß ich nicht. Aber wenn sie ihn ins Gefängnis gesteckt haben, wird das schon einen Grund gehabt haben, nicht wahr?

Ich fuhr in meine Sümpfe. Wir bestellten die Auen Sabalozje, Wostryja Jelki und Kupinki und das Gut Tschutki. Vier ausgemusterte Pferde, sieben Kommunarden und vier Armeezelte. Aber die Mücken, diese Mücken! Fast hätten sie uns aufgefressen. Im ersten Jahr fällten wir zu siebt zweihundert Kiefern, flößten sie über den Aros, und dann schickten sie uns schon Demobilisierte, und wir waren vierhundert. Wir lebten in Zelten und Hütten. Und heute haben wir das alles hier. Viertausend Hektar Ackerland, Hanf und Flachs stehen wie Wald, Kartoffeln wie Rüben! Wenn vierhundert Leute losziehen, um Kanäle zu graben und Dämme aufzuschütten, dann meint man, hier sei niemals Niemandsland gewesen, sondern immer nur Menschen, Menschen und Menschen. Mit der Eisenbahn kenne ich mich aus, deshalb konnten wir auch die Schmalspurbahn selbst legen. Traktoren musste man heranschaffen, Sämaschinen, Kornschwingen, eine Mühle. Wir legten die Knüppeldämme an. Sand und Gestein trugen wir auf den Schultern, und an Fieber starben sie auch in den Sümpfen, denn die Mariensümpfe sind abgrundtief. Doch wir haben ihnen einen Grund bereitet. Hört ihr, wie unser Kuckuck im Wald ruft?«

So, mein Täubchen, nannte er die Dampflok – Kuckuck! Ruckelt über die Gleise und pfeift.

Einmal kam ich in den Schreiblernpunkt – er diente ja auch als Amtsstube –, und da stand irgendein Städter. Gut gekleidet wie ein Adliger – Gehrock, Hut, Weste, weißes Hemd. Gute Schuhe, hoch, mit Schlaufen. Doch er war nicht mehr jung, über vierzig, und sein Gesicht wirkte krank.

– Pawel, sagte der Zugereiste zu Padsjarycha, sind auch Leute aus dem Ort zu euch in die Kommune gekommen?

– Sie strömen nicht gerade, Iwan Daminikawitsch. Hier hatte Pryschtschepau den klaren Blick. Ein rückständiges Volk, geben kein Stück vom Eigenen auf. Wir haben sie in unsere Genossenschaft geholt, und schon zwei Mal sind sie mit ihrem Eigentum abgehauen. Und das Bitterste, es gibt keine Frauen für uns. Vierhundert Kommunarden, und keine Frau zu finden. Natürlich, sie kommen aus der Armee, zerlumpt und verschlissen, in Feldbluse, Soldatenmantel und alten Stiefeln. Zum Tanzen geht keine mit einem Kommunarden. Sie heißen eben nicht Kandratowitsch oder Smalhauka. Ich selbst hatte auch nichts zur Hochzeit zu tragen, aber Paraska hat mich trotzdem genommen. Jetzt ist es etwas besser geworden. Die Leute haben Schuhe und Anzüge, und zur Hochzeit fahren wir mit dem Gewehrwagen, spannen vier Pferde vor, schmücken sie mit roten Bändern und fliegen über unsere Straßen überallhin. Neszer ist unser Kutscher.

– Und finden diese Familien eine Bleibe?

– Zuerst lebten sie in Erdhütten, Zelten oder Lauben. Aber dann kam das Sägewerk, und bei Hlinischtsche entstand die Ziegelei. Bald wird es auch ein Klubhaus geben. Wir werden alle Mädchen holen, die Herrschaften werden sehen, wer die besseren Jungs im Kreis Lipjen sind!

– Aber schaden sie euch?

– Natürlich schaden sie, legen Feuer und was du sonst noch willst. Aber Genosse Stalin hat uns ja gewarnt, der Klassenkampf wird sich verstärken. Ich für meinen Teil kämpfe nicht unnötig mit ihnen. Sie werden schon selbst sehen.

– Und gibt es Anlass, stolz zu sein? Wie sind die Erträge?

Padsjarycha wurde leicht verlegen.

– Iwan Daminikawitsch, darüber schreiben Sie aber nicht. Leeres Korn wächst hier, es ist hoch, aber leer. Die Ähre treibt aus, doch in der Ähre ist kein Körnchen. Wir dachten, der Agronom sei schuld, und verhafteten ihn wegen Sabotage, doch das nützte nichts. Dann zeigte sich, dass man Kupfer in den Boden einbringen muss, damit sich Ähren entwickeln. Also hatte Chalimonawitsch die Wahrheit gesagt. Torf allein bringt nicht voran. Aber das Lieschgras wächst gut, der Fuchsschwanz und der Kohl. Und die Rüben! Unser Traktor heißt Rübezahl, das bedeutet viele Rüben. Meine Güte, in dem steckt vielleicht eine Kraft! Meine Paraska krieg ich nicht vom Rübezahl auf einen Stalinez gejagt – einfach nicht dasselbe.

So rühmte Padsjarycha vor jedem Zugereisten seine Kommune, die deutsche Eisenbahn und den Traktor. Und, was denkst du, Täubchen? Daran ging er auch zugrunde. Irgendjemand meldete, dass Pawel das Sowjetische schmähe, das Deutsche aber rühme. Und obwohl wir damals mit den Deutschen eine Bande waren, zwischen die kein Blatt Papier passte, wurde auch Pawel von Begleitpolizist Lasewulkin mit der »schwarzen Krähe« abgeholt. Über die gute Straße fuhren sie, die Pawel sich selbst gebaut hatte!

Paraska sagte sich vor Gericht von ihm los und wusste danach nicht, ob sie eine Padsjarycha bleiben sollte. Sie musste ein Papier gegen ihren Pawel schreiben, sonst wäre es ihr auch schlecht ergangen. So lebte sie mit ihrem Traktor, kein anderer wollte sie nehmen. Sie lachten ihr ins Gesicht: »Leb nur mit deinem Traktor, Paraska, er wird schon kein Volksfeind sein, auch wenn er ein Deutscher ist!« Und so lebt sie bis heute, mein Täubchen. Unter den zweiten Deutschen brachte sie den Rübezahl auf die Insel Wopin. Man sagt, sie habe dem alten Harwata all ihr Hartgeld gegeben, das der Vater ihr hinterlassen hatte, damit er den Rübezahl dorthin bringt, wo keiner mehr Kälber jagt. Jetzt ist Paraska Heldin der Arbeit! An der Ehrentafel von Lipjen wird sie verewigt sein, als erste Kommunardin. Als sie in Rente ging, erlaubte man ihr, den Rübezahl mitzunehmen. Er steht in ihrer Scheune, wie ein Pferd, und Paraska scheuert ihn mit dem Lappen blank. Am Georgstag holt sie ihn heraus, zerlegt und putzt ihn. Im Dorf ruft man sie trotz allem die Padsjarycha.

V.
ORKA UND DIE
ZWEITEN DEUTSCHEN

Vor dem Krieg, als die zweiten Deutschen kamen, dachte ich daran, mit Orka zusammenzuleben, aber die Großmutter sagte: »Dummchen, er ist Jude. Alle Juden werden erschlagen, schneller, als du blinzeln kannst. Ich habe keinen Schimmer, was Gott gegen sie hat, aber zähl doch einmal, wer diesem Orka noch geblieben ist? Alle haben sie umgebracht, Schmul, Gideon und Kejla, Motele und den kleinen Dawidek. Soll lieber Temma aufzählen, ich bringe nicht alle zusammen.« Und so kam es. Orka bestand auch nicht darauf. Er sagte: Nichts Gutes zieht herauf, warum sollen wir da heiraten. Mein Orka flog auch nicht mehr wie ein Falke bei den Komsomolzen mit, er war es müde. 1936 hatte Begleitpolizist Lasewulkin bei Wostryja Jelki einen Juden gefangen, der auf dem Weg nach Masyr oder Kalenkawitschi war und sich versteckte. Er brachte ihn zum Schreiblernpunkt und fragte Orka: Kennst du den? Orka schaute und wurde blass: Rabbi Mosche! Schon bei den Pogromen der Bahalewzen war er aller Juden Oberhaupt und höchster Lehrmeister, ohne ihn hätten sie nicht einmal Wasser getrunken. Nachdem er aus der Synagoge gejagt worden war, hatte Schuster Hirsch ihm Unterschlupf im Gemüsekeller gegeben, den der Rabbi sieben Jahre lang nicht mehr verließ, seine Frau nicht mehr sah, weil alle Gebräuche verboten waren, die Matze, die Tora; sie konnte sich nicht mehr so reinigen, wie es bei ihnen vorgeschrieben war. Der Rabbi war noch nicht alt, jedoch war er so eingegangen, heruntergekommen und bleich, sein Bart herausgewachsen, dass nur noch die Augen blitzten. Lasewulkins Auge zuckte kurz, doch er erkannte ihn nicht.

Da standen sie also.

– Orka!, sagte Lasewulkin, was ist das für ein Jude, kennst du ihn?

Orka schaute dem Lehrer in die Augen und sprach dann zu Lasewulkin:

– Genosse Lasewulkin, das ist doch der stadtbekannte Tölpel, der herumläuft und überall verkündet, der Mensch solle gleichsam Schilf und Zeder sein. Alle lachen ihn aus, die Kinder bewerfen ihn mit Äpfeln und pfeifen ihm hinterher. Auch ich habe ihn ausgelacht, doch jetzt bereue ich es. Wie kann man einen Narren, Gottes Menschen, auslachen?

So sprach also Orka daher, um Lehrmeister Mosche zu retten.

Aber schau doch, Orka, was ich für Papiere mit jüdischen Häkchen gefunden habe? Eine ganze Tasche voll, mit winziger Schrift. Wohl wirklich ein Dummkopf – kein Krumen Brot, aber schleppt Papier herum, fast einen Zentner!

Orka schaute hin – herrje, das war eine ganze Tora, abgeschrieben und mit Erklärungen versehen, wie ein Jude unter der Sonne zu leben hat. Wenn diese Texte unbeschadet blieben, vielleicht würden die Juden dann auch besser leben, wer weiß? Man sagt ja, dass Rabbi Mosche aus Lipjen der weiseste Lehrmeister auf der Welt ist, geboren am selben Tag wie der Prophet Moses, der aus dem Fluss gezogen wurde, um sein Volk aus der Unfreiheit zu erlösen. Doch Lasewulkin wies an, diese

Papiere zu verbrennen. Orka zündete sie an, und Mosche richtete sich auf, stand schweigend und schaute mit diesen blitzenden Augen, dass einem die Seele gefror. Welche Pein in diesen Augen lag! Aber Lasewulkin blickte ihn an und sagte: Vielleicht erschießen wir ihn, Orka, sonst wird er sich gleich auf uns stürzen. Wo er doch verrückt ist!

Orka konnte Lasewulkin davon abbringen, schickte ihn mit den Mädchen in die Kantine, etwas zu essen und einen Schnaps zu trinken.

Mosche riet er, nach Starobin zu gehen, und zeichnete ihm eine Landkarte auf, einfach nach dem Plan von Schylinski, wie er laufen musste. Mosche schaute Orka an und sagte: »Geh auch du, Junge. Wir haben hier getan, was wir konnten, hier ist kein Platz für uns. Solange es noch einen winzigen Spalt gab, um das Recht zu lehren, habe ich es getan. Ich wollte nicht aufgeben, damit in den Zeitungen nicht steht: ›Noch ein ehemaliger Rabbiner hat das Licht der Wahrheit gesehen.‹ Ich dachte, das würde Gottes Namen schänden … Orka, der einzige Ort, an dem einem Juden das Lesen der Tora verboten ist, ist das Scheißhaus. Ein Staat, der das Lesen der Tora verbietet, ist ein Scheißhaus. Kein Mensch kann hier sein Leben führen. Auch dein winziger Spalt, Orka, wird sich bald schließen, also geh!« Da siehst du, Täubchen, was es gebracht hat, dass Moses die Juden aus Ägypten herausgeführt hat. Wohin sind sie gekommen? In unseren Sumpf, in dem sie ihr Ende fanden. Gut, dass wenigstens dieser Mosche sich selbst gerettet hat.

Aber wohin sollte Orka gehen, was sollte er tun? Hier hatte er seine alte Mutter, eine Arbeit und mich. Doch er erlosch, ließ den Kopf hängen. Zeigte mir in der Zeitung Gedichte, lang wie Peitschen, und sagte: – Erinnerst du dich an diesen Adligen,

Iwan Daminikawitsch? Er ist auch unglücklich. Er war hier auf Dienstreise und hat ein Poem über uns geschrieben, *Am Aros-Fluss*. Darin fehlt die Seele, es ist völlig ohne Belang. Hör zu, sagte er, Darfejka, sind das etwa Gedichte? Solche kann ich auch schreiben.

Zur Sowchose »Jelki«
fährt durch den Sumpf auf Bohlen
dank unsrer Kommune
geschwind die Schmalspurbahn.

Den werktätigen Massen
erbaut von Padsjarycha –
einem Rotarmisten,
stets seiner Zeit voraus.

Ohne Fachhochschule
und auch kein Ingenieur,
bloß ein Kommunarde,
maß Gleis von Tür zu Tür …

Früher, Darfejka, da hat er so geschrieben, dass förmlich die Seele mitschwang. Man wusste es auf der Stelle auswendig, ohne zu lernen.

Als die Mutter ihn gebar,
Leuchtete kein Stern.
Unfreiheit bleckte die Zähne,
Not lacht' nah und fern.

Man erzählt, Iwan Daminikawitsch habe versucht, sich aufzuknüpfen, wie Pryschtschepau, oder sich mit dem Messer zu töten, weil seine ganze Familie irgendwo auf dem Land enteignet wurde, aber man ließ ihn nicht und rettete ihn.

So lebten wir, Ryna, nicht fröhlich zwar, aber auch nicht vergebens, ein bisschen leben konnte man. Orka in Wostryja Jelki, ich bei der Großmutter. Ich besuchte ihn, unterrichtete die Kinder im Schreiblernpunkt und vergaß auch Großmutters Geschäfte nicht. Orka sagte zu mir: »Was seid ihr für Menschen, ihr Belarussen? So viel Heuchelei und Missgunst bei euch. Wie kannst du den Kindern das Neue beibringen, aber selbst als Heilerin herumziehen?« Worauf ich antwortete: »Jeder wie er will, aber du, mein lieber Orka, darfst nicht auf die Belarussen schimpfen. Hast du nicht auf unserem Mist überlebt?« O ja, manchmal fetzten wir uns auch. Aber heute, wenn ich ihn zurückhaben könnte, würde ich meinem Orka kein einziges böses Wort sagen. Ich traute mich kaum, ihn auch nur anzuhauchen.

Hatten diese armen Menschen jemals Ruhe? Von den eigenen Leuten kurz und klein geschlagen, begrüßten sie die zweiten Deutschen mit Brot und Salz, weil sie dachten, nach all den Erschießungen und Enteignungen etwas Ruhe zu finden. Doch es sollte noch größeres Leid entbrennen. Die Deutschen ließen die Belarussen in Ruhe, ihr Auftrag waren Juden, Kommunisten, Kommissare und die Sowjetmacht.

Besonders hatten sie es auf die Juden abgesehen. Orka versteckte ich sofort, als ich begriff, woher der Wind wehte, wir waren das schon gewohnt. Nur diesmal nicht im Keller, sondern in der Scheune. Unsere Scheune stand leer, deshalb lagerte der

Kolchos dort Heu ein, in das wir nun eine Höhle gruben, in der Orka tagelang allein saß und immer irgendetwas schrieb. Von seiner Familie in Lipjen hatten wir keine Nachricht. Sie wollten nichts von Orka wissen. Als die Deutschen in Lipjen einmarschiert waren, hatten sie schon am dritten Tag allen Juden befohlen, in die Nowaschydouskaja-Straße umzusiedeln, ins Ghetto, und sich gelbe Sterne anzunähen. Am Eliastag im Jahr 41 war es sehr trocken, alle fürchteten Brände, aber es sollte Schlimmeres geschehen. Die Deutschen versammelten die jüdischen Männer, um die hundert trieben sie zusammen, prügelten sie grün und blau mit Gewehrkolben, Peitschen und Schlagstöcken. Dann, ohne ein heiles Fleckchen am Körper, brachten sie sie in den Wald von Kaszjukowitschi zu den Gruben und erschossen alle. Diese Gruben scheinen sie anzuziehen wie Honig die Bienen. Schon die Sowjets haben dort heimlich erschossen und in den Gruben verbuddelt. Und dann brachten die mit ihren Autos ebenfalls Menschen dorthin. Und das alles, stell dir vor, am Eliastag!

Keine zwei Tage waren vergangen, seit sie diese Unglücklichen ermordet hatten, da erhängte sich an Boris-und-Gleb der Bürgermeister, Doktor Aljachnowitsch, und hinterließ eine Notiz: Das Herz reißt es mir in Stücke, ich kann nicht weiterleben. Danach dachten sich die Deutschen noch eine klügere Art aus, um alle Juden zusammen zu töten und keine Kugeln zu verschwenden. Das sind ja nicht die Andriasch-Jungs, die mit Beilen und Dreschflegeln wedeln, das sind die Deutschen! Sie legten Eisenbleche aus, karrten aus Sluzk einen Generator heran, der dort zur Rinderschlachtung verwendet wurde. So töteten sie siebenhundert Menschen und brachten sie in den Wald von Kaszjukowitschi. Aus seiner ganzen Familie war nur mein Orka geblieben, und noch Lejsar. Den versteckten sie, alle der Reihe nach, in Asnitschki. Das war was! Alle feixten über die Leute aus Asnitschki, die Narren würden Salz aussäen und die Sonne in Säcken fangen, und dabei versteckten sie den ganzen Krieg über Lejsar, und keiner verriet ihn. Nicht wie die Schmiedehämmer aus Ubibazki.

Als Orka alles erfuhr, zerriss er all seine Schriften, brach in Tränen aus und sagte: Darfejka, ich habe nirgends etwas gefunden, ich habe die Juden verlassen, und bei den Belarussen bin ich nicht angekommen. Nirgends gibt es einen Platz für uns. Ich kann mich nirgends anlehnen, Darfejka, ich habe keinen Ort. Die Erde nimmt uns hier nicht auf, Darfejka, hilf mir. – Und ich erbarmte mich seiner. Half, wie ich konnte. Drum eben bist du so rötlich und sommersprossig, und die Haare stehen in die Höhe. Ich dachte, Pawel sei von einem anderen, bis du geboren wurdest. Ganz Temma, ganz Orka.

Als 1943 während der zweiten Blockade ganz Nauhalnaje in die Sümpfe floh, sagte Orka, dass er nirgendwohin gehen wird. Zu den Partisanen wollte Schardyka ihn nicht nehmen. Was zum Teufel soll ich mit diesem jüdischen Idioten? Der soll sich erst mal tapfer im Kampf eine Waffe erbeuten, dann kann er betteln kommen. Bei den Partisanen waren viele vom Schlag der Andriasch-Brüder. Juden mochten sie nicht und hätten es drauf, sie in den eigenen Reihen von hinten zu erschießen. Viele Leute hassten die Sowjetmacht, schoben ihren Ärger aber auf die Juden. Einen Schardyka oder Lasewulkin rührst du nicht an – sie haben die Macht. Also lass deine Wut an den Juden aus.

Als ich in die Sümpfe aufbrach, ließ ich ihm Essen und ein Fläschchen Distelsaft da. Ich sagte zu ihm: Wenn sie dich finden, dann trink lieber dieses Fläschchen und stirb in Frieden. Als ich zurückkehrte, hatten sie ihn nicht gefunden, die Scheune stand noch heil, aber den Distelsaft hatte er ausgetrunken. Vielleicht hatte ihn etwas erschreckt, vielleicht war er erfroren oder verhungert. Er war kalt wie ein Stein. Ich legte ihn auf den Schlitten und vergrub ihn hinter Aredeber im Gestrüpp. Kein Kreuz stellte ich darauf, nichts. Mir war nicht danach, oder ich wusste nicht, wie man das auf ihre Weise macht. Es war niemand mehr da, der mir sagen konnte, wie man es auf ihre Weise macht. Soll ich dir zeigen, wo er liegt? Den Apfelbaum gibt es schon lange nicht mehr, aber ich zeige es dir. Ich sehe alles, was hier früher war, als würde es noch dastehen: die Kirche, die beim alten jüdischen Friedhof stand, und den Apfelbaum über Orka. Er hat es nicht zum großen Mann seines Volkes gebracht, auch keines anderen, und eine Grabstelle hat er auch nicht mehr. Zum Totengedenken hänge ich ein Tuch auf   das ist alles. In Lipjen kam früher ein jüdisches Haus auf zwei der unsrigen, und jetzt sind nur fünf Familien im ganzen Ort übrig! Die alte Maryja würde scherzen: »Na, jetzt habt ihr wenigstens keine Arbeit mehr mit uns!«

VI.
SILWESTAR SCHARDYKA

Während des Krieges spielte sich Salwes Schardyka hier wie der Herrscher der Welt auf. Man sagte über ihn: Hat er mehr Menschen erschossen oder gezeugt? Wie mein Vater Sauka kam er aus Hljatouskaje. Nur hatte Sauka das Sluzker Gymnasium abgeschlossen und hielt zur belarussischen Sache, während Schardyka sofort zu den Räten ging. Er wurde NKWD-Chef in Wjalejka, von wo aus er mit seinem Freund Lasewulkin dann zu uns kam. Sie jagten umher wie Teufel, Schardyka wie Lasewulkin, und waren überall dabei. Als die Deutschen schon im Anmarsch waren, holten sie alle Enteigneten aus dem Gefängnis und trieben sie in einer Kolonne in den Wald von Kaszjukowitschi. Zuerst ließen sie sie »Heil Hitler!« rufen, dann erschossen sie alle als deutsche Spione.

Wir wollten nicht mit den Deutschen kämpfen. Der Deutsche kommt, bleibt und geht wieder, sitz also still und lehn dich nicht hinaus. Nur die Dummköpfe trieben es mit den Deutschen zu weit. Bei Nauhalnaje war ein deutsches Flugzeug gelandet. Es war kaputt, der Pilot ging zur Kommandantur. Derweil schlichen Iwan, Uszin und Pjotra sich an und zerlegten etwas im Flugzeug. Starten konnte er es noch, aber über dem Friedhof stürzte er gleich wieder ab. Die Deutschen waren zornig, fanden heraus, wer sich beim Flugzeug herumgetrieben hatte, und erhängten Iwan und Uszin einfach, Pjotra brachen sie vorher noch alle Knochen. Er hing da wie ein Trottel aus Lappen. Aber das Dorf ließen sie in Ruhe.

Dann kam Schardyka mit seinem Jagdbataillon, in dem sich Kommunisten, Komsomolzen und alle möglichen Beamten sammelten. Sie hatten den Auftrag, Partisanenarbeit zu leisten. Das Bataillon zerstreute sich, es blieben Schardyka und 15 Leute übrig, die nirgendwohin abhauen konnten, weil sie überall als Lumpen bekannt waren und festgesetzt worden wären. Doch diese 16 reichten, um hier ein Blutbad anzurichten. Sie richteten sich in einer Scheune bei den Sümpfen in Wolaje ein. Gingen zum Direktor der Sowchose und sagten: Du bringst uns Essen her und kommst mit zu uns als Partisan. Aber die Leute wollten ihnen kein Essen geben, baten sie, den Ort zu verlassen, da sie die Deutschen fürchteten. Doch sie aßen und tranken und schliefen weiterhin in dieser Scheune. Dann töteten sie noch den Direktor Wanzalouski, weil ihn die Deutschen zum Vorsteher ernannt hatten. Solche Gerechte waren das! Sie wurden immer mehr und mehr, haufenweise Gesindel schloss sich ihnen an, denn in den Wäldern trieben sich eingekesselte Soldaten herum, also gingen immer mehr zu Schardyka, denn im Dorf hätten sie schuften müssen wie die Ochsen und Brot mit Spelzen essen, bei den Partisanen gab es dagegen Schnaps und Speck, und wenn es keinen gab, drohst du mit der Waffe, schon geben sie ihn raus, und wenn sie ihn aus der eigenen Wade schneiden müssen! Unsere Leute haben schon kapiert, dass du zu den Partisanen gehen musst, weil sie dich sonst töten oder du vor Hunger und Arbeit verreckst. Sie holten alle Ochsen, Kühe und Pferde – was die Deutschen nicht nahmen, nahmen die Partisanen. Wir pflügten, ernteten und säten, jeder, womit er konnte, auf irgendwelchen Schindmähren, die man nicht mehr antreiben konnte, oder man machte sich selbst zum Gaul.

Wenn du was aussäst, kommen sie, spüren das Korn selbst

in der hintersten Ecke auf, nehmen es bis aufs letzte Körnchen mit. Drum eben blieben in den Dörfern nur die Frauen, die Kinder und die Alten zurück, einen Mann traf man nur ganz selten.

Dann erhielt Schardyka von Stalin aus Moskau einen Befehl, der in allen Dörfern verlesen wurde: »Alle belarussischen jungen Männer sollen zu den Partisanen gehen, auf dass die Erde unter den Füßen des Feindes brennen möge.« Das hieß, sie sollten die Brücken und Straßen sprengen, die Ernte verbrennen und die Deutschen und ihre Unterstützer töten. Jede Brücke, jeden Feind und jeden Unterstützer rechnete Schardyka in Moskau ab. Na, er stöberte auch so viele Feinde und Unterstützer auf, dass der Boden unter unseren Füßen brannte. Sie kamen ins Dorf, suchten nach »Unterstützern«, trieben alle zusammen, verlasen den Befehl im Namen Stalins und des Arbeitervolkes und schossen dann in die Menge. Das Arbeitervolk stand da und zitterte vor Angst, die Zunge tief im Hals versteckt, denn wenn du zuckst, machst du dich selbst zum Unterstützer. Sie erschießen dich, zählen dich und schreiben es nach Moskau.

An Bartholomä, als wir schon das Korn eingefahren hatten, kamen die Partisanen zum noch nicht ganz erschlagenen Kulaken Illja Smaljak, erschossen ihn und nahmen der Familie das gesamte Korn weg. Sie kamen auch zu denen, die im Sluzker Gefängnis einsaßen, sie hätten ja ohnehin insgeheim das Übel gegenüber der Sowjetmacht gehegt. Den alten Spengler erschossen sie, weil er Volksdeutscher war. Schardyka sagte, man solle 18 Unterstützer finden. Also fand man sie.

In diesen zwei Monaten, von Zichan bis Bartholomä, sprengten Schardyka und seine Partisanen im Landkreis zwölf Brücken, es war kein Durchkommen mehr, weder zu Fuß noch zu Wagen. Auch die Schmalspurbahn der Kommunarden wurde gesprengt, umsonst hatte Padsjarycha gesagt, sie sei für Jahrhunderte gebaut. Keine zehn Jahre lagen die Schienen! Dafür kamen die Deutschen nach Wostryja Jelki, brannten alle Gebäude des Kolchos und die Maschinenstation ab, erschossen den kommunistischen Verkäufer und den Lehrer. Darüber hinaus verriet jemand, wo ein verletzter Partisan untergebracht war. Die Deutschen renkten ihm Arme und Beine aus, stachen ihm die Augen aus, übergossen ihn mit Benzin und zündeten ihn an.

Kaum hatte die Erntezeit begonnen, schickte Schardyka in alle Gemeinderäte drei bis fünf Leute, um alles abzugreifen und zu zerstören. Gleichzeitig sammelten sie bei den Leuten Waffen ein und verdroschen sogenannte deutsche Unterstützer. Jedes Dorf musste zwischen dreißig und sechzig Pud Mehl abtreten. Woher sollte man diese Mengen nehmen? Man hatte ja selbst nichts zu essen, Fastenspeisen. Die Deutschen brachten dann Aushänge an: Wer den Partisanen und Belagerern hilft, wird erschossen. Dennoch sprang Schardyka weiter aus dem Wald, zündete Brücken an, erschoss Deutsche – und gab Fersengeld. Daraufhin gingen die Deutschen in ein anderes Dorf und ließen sich dort an den Menschen aus. Als alle Brücken gesprengt und alle Drähte gekappt waren, damit der Fernmelder nicht funktionierte, begannen die Deutschen, auch in den Dörfern Gefangene zu nehmen und sie zu schlagen. Sie dachten, so könnten sie die Partisanen aufhalten, da sie wohl kaum die eigenen Leute unter das Beil stellen würden. Aber waren wir für Schardyka die eigenen? Er hatte sein Moskau. Zum Trotz sprengten sie den Deutschen eine Brücke bei Jarylawitschi. Die Deutschen holten dafür sieben Leute aus Jarylawitschi und erschossen sie. Landwirte, arme Tröpfe, keiner von ihnen hatte die Brücke auch nur angerührt. Es gab noch Juden, also trieben die Deutschen sie aus dem Ghetto und zwangen sie, Holzbalken zu schleppen und Brücken zu legen. Half jemand diesen Juden, hat sie gerettet, in den Wald geholt? Nein, sie lachten sogar noch über sie.

So lebten wir eben. Am Tag kamen die Deutschen, machten irgendeinen Bauern zum Vorsteher. Der flehte und bat: Ich kann nicht Vorsteher werden, die Partisanen bringen mich um. Aber die Deutschen fackelten nicht lange: Entweder erschießen wir dich, oder du sammelst Essen für die Garnison und schaffst es her. Du hattest also keine andere Wahl, als schön brav zu liefern. Ansonsten schlugen dich die Deutschen grün und blau. Und vornehm solltest du es noch darreichen! Die alte Miranowtschycha hatte nichts, wo sie die Butter reinlegen konnte, und legte sie deshalb in ein Kohlblatt, aber da schrien sie: Wie servierst du denn, du Sau! Und sie schlugen sie windelweich, meine Großmutter brachte sie nur mühsam wieder auf die Beine.

Nachts kam Schardyka und sagte: Bring Korn und Fleisch, Butter, Eier und Speck für die Partisanen. Hast du nicht? Hast du den Deutschen gegeben? Kollaborateure erschießen wir! Herrje, das waren Zeiten. Nachts die Partisanen: Gib, gib, gib! Am Tag die Polizei und die Deutschen. Und noch die Belagerer, Rotarmisten. Die tranken, als sei es ihr letzter Tag. In Sabjarwetscha betranken sie sich, vergewaltigten zwei Mädchen und schliefen dann im Stall ein wie tot. Also verriegelte der Hausherr die Tore, zündete den Stall an, und 15 Armeeleute verbrannten wie Geteerte. Als es zu brennen begann, schrien sie, und ihre Patronen gingen los. Doch ihm geschah nichts.

Alle wussten es und behielten es für sich. Und auch ich werde dir seinen Namen nicht sagen. Großmutter Marjanka sagte zu ihm: Hättest du nur, guter Mensch, auch Schardyka in Wolyja so begrüßt, als er da im Stall hauste, besser wär's gewesen. Böse war sie, meine Großmutter.

Um Mariä Schutz und Fürbitte hatten sich die Partisanen vollständig auf die Insel Wopin zurückgezogen. Dorthin hatte sie, durch unzugänglichen Morast, der alte Harwata geführt. Während die Deutschen mit riesiger Kraft nach Moskau stürmten, saßen die Partisanen in Wopin und streckten die Nase nur für ihre Operationen hervor. Dann erhielt Schardyka aus Moskau den Befehl, zum Jahrestag der Oktoberrevolution die Garnison von Lipjen zu vernichten.

Am Demetriostag versammelten sie sich also und rückten auf das arme Lipjen vor, wie Sauka Bahalewitsch zwanzig Jahre zuvor. Sie umstellten Lipjen von drei Seiten mit Sicherungseinheiten, kappten die Fernmeldedrähte, damit die Deutschen nicht in Hlusk und Sluzk um Hilfe anrufen konnten, schalteten die Posten an der Garnison aus und begannen zu schießen und Granaten zu werfen. Jessip, der Bürsten aus Schweineborsten macht, erzählte, dass ein Feuerschein über der Garnison stand und es die halbe Nacht lang krachte. Dann kamen sie nach Jarylawitschi, erschossen dort aus purer Freude den Vorsteher und hissten an der Schule die rote Flagge. Die Deutschen brannten im Gegenzug für diese Flagge und diese Freude Jarylawitschi bis auf die Grundmauern nieder.

– Mitsamt den Menschen?

– Auch die Menschen, aber nicht alle. In einer Siedlung lebten Volksdeutsche, die vor den Deutschen Partei ergriffen. Sie

94

sagten, diese Leute seien nicht schuld, nur die Partisanen. Es kam so: Sie sperrten zuerst alle Menschen in die Heuscheune, die sie dann anzündeten. Die Menschen schrien fürchterlich, bekamen keine Luft und glühten fast. Da öffneten die Deutschen das Tor, und die Menschen drängten aus dem Feuer. Dann übersetzte ein Volksdeutscher, dass sie sich nach Frauen und Männern getrennt aufstellen sollten. Jeder zehnte Mann wurde erschossen. Ein Bruder stellte sich vor seinen jüngeren Bruder, der noch keine 17 war. So feierten die Deutschen die Oktoberrevolution. Für jeden getöteten Deutschen nahmen sie drei Unschuldige. Und die Hütten brannten sie vor dem Winter nieder. So ging das also. Der Sumpf brannte unter unseren Füßen. Kaum kam der Frühling mit dem März, begannen die Deutschen mit der Blockade. 1942, 1943 – Blockade! 1944 – Blockade! Wir konnten nicht mehr fliehen, wir krochen nur noch durch diesen Sumpf. Hungrig und in Fetzen. Wie viele Kinder ertranken, wie viele Alte! Und 43 brachten die Deutschen dann auch noch Bomben und Panzer.

So war das, Kindchen. Partisanen gab es Hunderte und Tausende. Als Mann konnte man nur im Wald überleben. Wir, die Frauen, Alten und Kinder, waren für alle Futtervieh.

– Und niemand verteidigte euch?

– Die Baraniner verteidigten sich. Im Hof und der Siedlung Baranin lebten schon seit Jahrhunderten Altgläubige. Vor dem Krieg wurden sie aufgerieben, nach Solowki geschickt, aber um die vierzig Höfe waren geblieben. Sie hassten Stalin mehr als jeder andere. Im Krieg organisierten sie sich, beschafften sich Waffen und verteidigten sich gegen die Belagerer und Partisanen. Kam ein Belagerer dorthin – schon unkte er wie im Sumpf. Nichts mehr mit Saufen in der Scheune. Die Baraniner nahmen sich die Gewehre und patrouillierten Tag und

Nacht, um Baranin herum lagen sie im Gras und im Wald – keine Maus wäre durchgekommen. Ihr Kommandant war Makar Kukrasch. Zuerst mischten sich die Partisanen ein, um das Dorf zu vernichten, doch die Baraniner töteten sie, acht Leute streckten sie nieder. Daraufhin schlichen sich die Partisanen an, stahlen einen Posten, schlugen und schnitten ihn, bis er es nicht mehr aushielt und ihnen sagte, wo überall Posten stehen. Dann töteten die Partisanen die Baraniner Männer. Nur Frauen und Kinder blieben. Und wieder brüsteten sie sich auf Flugblättern, dass die faschistischen Schranzen tot seien, berichteten an Stalin nach Moskau. Nach Wopin flogen damals schon Flugzeuge aus Moskau. Sie brachten Waffen und Partisanen, wichtige Leute wurden zur Behandlung mitgenommen.

Die größten Helden unter ihnen waren Lasewulkin und Salwes Schardyka. Und beide waren dazu noch unfassbar gerissen. Nur dass Schardyka ein wichtiger Mann war, dem die Frauen nach Wopin gebracht wurden, während Lasewulkin allein durch die Dörfer ziehen musste. Im Herbst trieb er sich mit Harwata in Wolaje Maloje herum und klaute Plinsen, als ihn jemand erkannte und sich für die Konvois und die Erschießungen bedanken wollte. Er verriet Lasewulkin an die Deutschen in der Garnison. Die sprangen ohne Sattel auf die Pferde und jagten Lasewulkin und Harwata über den Friedhof. Lasewulkin wurde verwundet, Harwata nahm ihm den Revolver ab und ließ ihn liegen. Sie schnappten sich Lasewulkin, quälten ihn drei Tage lang, dann erschossen sie ihn. Später schrieb Harwata in der Partisanenzeitung, was für ein Held dieser Lasewulkin gewesen war, wie er einen Auftrag verfolgte, sich mit dem Revolver gegen die enorme Übermacht zur Wehr setzte und 16 Deutsche umlegte. Ganz Wolaje schüttelte sich vor Lachen über diesen Helden. Lasewulkin und Schardyka haben hier so viele Bankerte hinterlassen, dass ich sie nicht zählen kann. Und wohl nicht nur Kinder. In den Dörfern gingen auch Syphilis und Tripper herum. Was willst du machen? Alle vergewaltigten Frauen und Mädchen. Wer eine Pistole hatte, war ein Held. Meine Großmutter hatte zu tun, und ich hatte auch zu tun. Aber Großmutter heilte nicht alle, wenn sie jemanden nicht heilen wollte, stellte sie sich dumm. Einmal kam zu uns nach Aredeber ein Mann auf einem Schlitten, im Jahr 43. Ich hatte gerade Orka begraben. Ein stattlicher Mann, gelber Schafspelz, überall Holster, Revolver. An den Füßen Überzieher aus Schafsleder, Kosakenmütze auf dem Kopf. Aber nicht mehr ganz jung. Großmutter sah ihn an und krächzte: Ich kann nicht, Salejka, ich bin alt geworden, krumm und schief, habe alles vergessen. Das war er also! Schardyka selbst war zum Jammern hergekommen. Er hatte einen Ausschlag direkt auf dem Schwanz, und keiner konnte ihm helfen. Den Dorfsanitäter Rudenka hatten sie erschossen, der Bürgermeister, unser Arzt, hatte sich aufgehängt. Sanitäter Lapotka wollte er nichts von dieser schmutzigen Angelegenheit sagen, weil es dann ganz Lipjen erfahren hätte. Also musste ich ihm den Ausschlag heilen, und gleich auch noch einen Bruch. Und während der Behandlung sagt er zu mir: Darfejka, ich werde meine Gesundheit an dir ausprobieren, kannst mir ein Gütesiegel geben! Drum eben wusste ich nicht, von wem mein Sohn ist. Schardyka hatte nicht mal Angst vor meiner Großmutter und mir, dabei hatten wir damals einen sehr unguten Ruf. Vor Schardyka hatte mich keiner angefasst, obwohl einige mit Schlägen gedroht hatten, nach dem Gesetz des Krieges. Auch zur Großmutter hatte einer gesagt: »Ich werde dich erschießen, alte Kröte, damit du hier nicht herumkriechst. Spionin, Unterstützerin!« Und Großmutter Marjanka hatte ihn mit ihrem Auge angeblinzelt und gesagt: »Schieß doch, kleiner Falke, aber beschwer dich nachher nicht.«

Die Geliebten der Partisanen hätten nicht zugelassen, dass Großmutter oder ich umgebracht werden. Wer hätte ihnen sonst den Trank für die Abtreibung gebraut? Nicht jede wurde nach Moskau gebracht, nur die Verdienstvollen. Und immer wieder gingen Typhus oder roter Urin um. Kein Flüstern und kein Sud helfen, wenn der Mensch nichts zu essen hat. Manchmal kam ich in ein Haus, wo ein unglückliches Kind dicke Tränen weinte und jammerte, und die Mutter mit ihm. Ich sagte, nimm ihn, Mädlein, und schlag ihn mit dem Köpfchen auf den Klotz. Er ist dem Tode geweiht. Das Kind war voller gelber Blasen, groß wie Taubeneier. Wie soll sie es gesund aufziehen, wenn erst das Korn und dann auch noch die Kuh weggeholt wurden? Mütterchen, sagten sie zur alten Kascheuska, wir haben euch sechzig Kilo Kartoffeln pro Kopf gelassen, das reicht für den Winter. Mit der Balkenwaage wogen sie alles ab. Da half kein Jammern und Heulen. Sie fanden alles, gruben es aus, nahmen es mit. Die Hühner waren unter dem Ofen versteckt, mit zugebundenem Schnabel, damit sie bloß nicht gackerten. Da schickten sie die Kinder vor, die Hühner aufzuspüren. Und die kleinen Dummerchen krochen herum und riefen: Onkelchen, dort ist ein Hühnchen!

Am Martinstag übernachtete ich in Sabjarwetscha. Ein Kind hatte einen Anfall, etwas hatte es verschreckt. Abends gingen alle zu einer Hochzeit und sagten, komm du auch mit. Schnaps wurde gebrannt, ein Schweinchen geschlachtet. Ich sagte: »Tante, ich komme nicht mit, wie kann man Hochzeit feiern, wenn aus jeder Hochzeit schon ein Begräbnis schaut.« Und sie antwortete: »Du bist vielleicht eine Heilerin, aber eine junge und dumme. Was wäre denn, wenn wir bei lebendigem Leib in die Erde kriechen? Irgendwann wird das ja alles ein Ende haben. Schau hier, auf meinem Strohdach ist eine Ackerwitwe aufgegangen. Vielleicht wird sie dort nicht alt, vertrocknet, aber sie wird sicher ihre Samen auf den Boden werfen – und so überlebt sie. Du aber wirst als Jungfer sterben.« Ich ging trotzdem nicht hin und legte mich zum Schlafen zu dem Mädchen, das ich behandelt hatte. Und dann? Kamen die Partisanen, umzingelten die Hochzeit, setzten sich dazu, aßen und tranken, brachten den Bräutigam hinaus und jagten ihm eine Kugel in die Stirn. Es war einer von Wlassows Leuten, die wir »die Freiwilligen« nannten. Warum nur, wozu? Diese Freiwilligen, acht an der Zahl, lebten friedlich, störten niemanden, fügten niemandem Leid zu. Den Bräutigam erschossen sie also und wollten auch seinen Freund erschießen, doch der hatte ein Messer im Ärmel, schlitzte dem Partisanen die Kehle auf und machte sich aus dem Staub. Die Partisanen erschossen alle Freiwilligen und gingen durch die Häuser: Kommt alle zur Versammlung, wir begraben unseren Genossen. Niemand kam, um den Partisanen zu begraben, weil sie um die Freiwilligen trauerten und von Schardykas Leuten die Nase voll hatten. Danach las ich in der Partisanenzeitung, das ganze Dorf sei auf die Straße geeilt und habe dem Partisanen mit Tannenzweigen und Rotbannern den Weg geschmückt. Sie dachten sich hanebüchenes Zeug aus und schrieben es. Wenn das nun die Deutschen lesen würden? Dann erschießen sie ganz Sabjarwetscha für dieses verfluchte »Rotbanner«.

Nicht ich war also die Jungfer, sondern die Tochter dieser Frau. Ich war damals schon schwanger, wusste aber lange nichts davon. Damals floss bei vielen Frauen das Monatsblut nicht, vor Angst und Hunger. Und so lief ich weiter durch den Wald, in die Blockade oder nicht in die Blockade, irgendwie versuchte ich mich durchzuschlagen. Mal lief ich nach Wopin, wenn sie riefen, ein anderes Mal nach Lipjen in die Garnison. Es ist nicht unsere Sache, wer Recht hat und wer Schuld trägt. Misch dich nirgends ein, diene keinem, glaube niemandem. Nichts hält sich hier lange, nichts. Die Sümpfe haben sie ausgetrocknet, aus dem Boden eine harte Scholle gemacht, aber auch so wird sich hier nichts halten. Und warte nicht auf Gerechtigkeit. Andriaschs Schinder sind mit den Deutschen gegangen und ganz lebendig, Stas Lutschinowitsch war bei der Polizei und verbrannte die eigenen Leute in den Dörfern. Er saß 15 Jahre und kehrte dann in sein Haus zurück, als sei nichts gewesen. Zwei Ehefrauen beerdigte er noch. Aber wo sind die ehrlichen Hausherren Antos Astachnowitsch und Nitschipar Sjartschenja? Sie haben keiner Fliege etwas zuleide getan. Nitschipar weinte manchmal, wenn ein Schwein zerteilt wurde. Bis die Sowjetmacht sie auffraß und auf ihren Knochen spazieren fuhr.

Nach dem Krieg zählten sie, wie viel unseres Volkes vergeudet wurde. Es kam heraus, dass es jeder Dritte war. Wen die Deutschen und wen nicht die Deutschen, wer kann das noch auseinanderhalten.

VII.
DIESE KRÄUTER WACHSEN
HIER NICHT MEHR

Als die Deutschen weg waren, sah es bei uns aus wie nach einem Großbrand und einer Überschwemmung. Nichts war mehr da. Die Hanffabrik und die Mühlen waren verbrannt, die Maschinenstation, die Brücken, die Häuser, die Geschäfte. Nirgends irgendwas außer Erdhütten. Sieben Familien lebten in einer Hütte. Und die Machthaber verlangten, dass man Anleihen kaufte, Notunterstützung. Aber wer half uns? Nach dem Krieg aßen wir Teigklumpen mit erfrorenen Kartoffeln, die Kinder gruben im Frühling im Boden wie die Wildschweine – aßen Kalmus, Melde und allerlei Wurzeln. Das Brot aus den Kolchosen holte sich der Staat bis zur letzten Krume. Die Arbeitseinheiten waren nichts wert. Die Frauen trugen von den Farmen Kartoffeln und Mehl für die Kinder im Büstenhalter und in den Unterhosen nach Hause. Darauf stand Gefängnis, denn Stalin hatte dieses Gesetz von den »Drei Ährchen« erlassen. Wer ein paar Ähren oder eine Kartoffel vom Feld oder Schweinemehl aus dem Komplex mitnahm, fuhr für sieben Jahre nach Solowki. Doch es nützte nichts, alle stahlen damals. So war das Leben. Erst 1948 wurde es ein bisschen leichter, weil man wenigstens etwas für seine Arbeit bekam. Nach drei Jahren, als neue Pferde herangewachsen waren, bauten sie in Lipjen eine pferdegetriebene Buttermühle. Allerdings waren die Kühe so dürr wie die Menschen. Niemand hatte sich um die Kolchoskühe gekümmert, warum auch für das Fremde schinden? Die

Kühe konnten nicht mehr stehen, man band sie mit Schnüren an die Balken und molk sie. So eine dürre Kuh gab drei Liter Milch am Tag. Eine eigene Kuh gab zehn Liter. Da kannst du rechnen. Genauso war es mit dem Getreide und den Kartoffeln. Drum eben erhob Stalin hohe Steuern auf die landwirtschaftlichen Siedlungen. Er wusste, wo es lebendiges Fleisch rauszuschneiden gab.

Das Volk wurde damals klein, kümmerlich, schwachbrüstig und krummbeinig geboren, und davon ganz viele. In jeder Hütte gab es drei bis sieben Kinder. Irgendwie wanden sie sich durch, irgendwie lernten sie etwas.

Der gute Boden verkümmerte. Wenn es gut kam, ernteten sie sechs Zentner Korn pro Hektar oder dreißig Zentner Kartoffeln. Könnte man nur Pawel Padsjarycha ausgraben und ihn fragen: Wo ist sie, deine Kommune, Padsjaryschka, wo sind die Ähren, die in den Himmel wachsen? Aber langsam ging es bergauf. Sie zogen aus den Erdhütten in Häuser, in den Kolchosen wurden Traktoren angeschafft, Paraska holte ihren Rübezahl von Wopin zurück. Stromleitungen wurden gelegt, in einem alten Kulakenhaus wurde die Schule eingerichtet, in einem anderen der Klub. Uns wollten sie aus Aredeber raushaben, das sei doch zu groß für uns. Da ging ich zu Schardyka und sagte: Schau, Schardyka! Ich habe keine Angst und streue es gerne im ganzen Ort: deine Bälger, dein Ausschlag, deine Leistenbrüche, all deine Untaten! Nun, Schardyka war ein wichtiger Mann, die ganze Brust hatten sie ihm mit Blech behängt. Seine Kinder gerieten allesamt unverständig, Säufer und Nichtsnutze.

1954 erdreisteten sie sich wieder, das Moor trockenzulegen und den Aros zu begradigen. Über Jahrhunderte war der Aros hier geflossen, hatte niemanden gestört, aber nein – das Land reicht ihnen nicht, sie wurden einfach nicht satt! Oh, nicht nur einmal habe ich an diesen Landvermesser gedacht, den mein Vater mit Erde vollstopfte.

1961 gab es unseren Aros dann nicht mehr, nur noch einen Meliorationskanal. Und was brachte es? Alles verflog wie Staub, der Torf stieg bei jedem Wind auf, zerstob oder brannte, wie Asche.

Im Jahr 45 zogen wir die Pflüge selbst, dachten uns, essen wir wenigstens Brot, doch da gaben sie uns – batz! – Koksagis ins Maul. Die Frontkämpfer, die nach dem Krieg zurückkehrten, erzählten uns, dass nur wir leben wie abgemagertes Vieh, die Deutschen, die Amerikaner und alle anderen Völker lebten gut. Damals kam auch amerikanische Hilfe. Ich beschaffte mir damals gute Schuhe; ihr Dosenfleisch war unglaublich schmackhaft, und die Säcke waren so stark, dass die Leute dreißig Jahre lang ihre Kartoffeln darin sammelten.

Nur das Gummi verkauften sie uns zu hohen Preisen, weil es nur in Amerika wuchs. Drum eben wollte dieser Idiot Stalin sein eigenes Gummi kochen. Zuerst ließ er dieses Gummi in seinem Georgien pflanzen, aber dann wollte er seine Georgier doch nicht allzu sehr nötigen. Warum auch, wenn es die Belarussen gibt – das ewige Zugvieh, das niemandem leidtut? Also wurde auch bei uns dieses Koksagis gepflanzt. Nur ein Idiot konnte sich das ausdenken. Es wurde als Flaum gesät, wie dein Löwenzahn, es flog davon wie der trockene Torf. Diese Dummköpfe! Wollten Löwenzahn in den Wind säen! Das Koksagis geht nur schwach auf, und zwar dort, wo es gerade gelandet ist. Wo du es aussäst, ist es kahl, dafür wächst in den Kartoffeln ein ganzer Wald davon. Noch dazu brauchte es zwei oder drei Jahre. Belegt das Feld, aber Gummi hast du erst im zweiten oder dritten Jahr. Und versuch einmal, dieses Gummi aus der Erde zu ziehen. Die Wurzeln winden sich tief, die ziehst du nicht wie eine Rübe heraus. Hast du diese Wurzel rausgeholt, musst du sie noch abschneiden, stapeln, aufladen und zur Fabrik bringen. Doch wo ist die Fabrik? Die Wurzeln liegen also aufgestapelt herum, vertrocknen und werden schlecht. So plagten sich die Leute drei Jahre lang, hungrig und frierend, bis der Koksagis wieder verworfen wurde und sie doch wieder die Amerikaner um Gummi baten. Ich sage dir, Ryna: Nichts wird an diesem Ort. Geh du weg, meinetwegen zu den Deutschen oder zu den Amerikanern, oder zu diesen Polen. Diese Idioten lassen einen hier nicht leben, verwüsten alles. Wenn wir beweisen könnten, dass du eine halbe Jüdin bist, könntest du wenigstens nach Israel. Maryja war schon alt, dass der Kopf wackelt und ist noch dorthin gegangen

Meine Großmutter Marjanka und Urgroßmutter Sofja waren einäugig, ich aber bin schon fast ganz blind, sehe kaum mehr den Weg. Als ich noch gehen und sehen konnte, habe ich längst begriffen, dass meine Lehren verloren sind, alle Hefte, die ich geschrieben habe, nicht helfen werden, und dass Orka mir umsonst eine ganze Schachtel Bleistifte aus dem Schreiblernpunkt gestohlen hat. Die Kräuter, die einst wuchsen, gibt es nicht mehr, ich habe das letzte Büschel Disteln gefunden, ich sage dir, wo. Wenn du jemanden vergiften musst, denk nicht lange nach. Vergifte ihn, und dann mögen Gott oder Teufel ihm beistehen. Du weißt, wie viel du nimmst, damit er langsam stirbt, und wie viel, damit er aufschwillt und die Kehle sich an einem halben Tag von selbst zuschnürt.

Die Distelpflanze durchtränkst du mit grünem Sumpfgewächs, hol es im rechten Teichloch am Peranossje, bei den Gruben. Es heißt Seejungfrauenhaar. Dieses Sumpfgewächs gibt es sonst nirgends mehr, da die Wjatschera nicht ohne den Aros kann, der Aros nicht ohne die Talika, die Berasouka und die Njescharauka, den Solan und die Njeschtschanka. Denk nicht, dass es schon immer so war, wie es jetzt ist. Jetzt ist der Boden leer, stumm und blind, dem Tode nah. Damals konnte man taub werden. Im Mai sangen in allen Sümpfen, in allen Wäldern die Nachtigallen von gebratener Schwarte (die Nachtigall singt ja bekanntlich:»Es-brät-es-brät-der-Mann-der-Mann-die-Schwart-die-Schwart«), die Frösche quakten, die Fische schwatzten, Eulen, Ziegenmelker und Fledermäuse flatterten. Die Wölfe heulten gerade hinter dem Zaun, die Hasen wohnten hinter den Getreidescheunen, die Eichhörnchen kletterten über die Dächer. Mücken gab es so viele, dass man nicht einatmen konnte, ohne dass eine Mücke in die Nase flog. Jetzt gehe ich am Aros entlang, und alles ist still und leer, nur der Rabe ruft über das leere Feld:»Tod! Tod!« Und dabei wurden hier einst goldene Vögel mit schwarzen Köpfen gezüchtet – die Arosvögel.

Ich bin schon blind, ich kann dir nicht mehr zeigen, wo der Brunnen zum Weißen Pfahl war. Dort lag der Stein, den ihr dann mit diesem hellblauen Schabernack beschmiert habt. Oh, dorthin sind die Bauern noch zu Zeiten des alten Popen Kranikouski aus allen Dörfern gelaufen. All das hatte Orka in seinen Papieren beschrieben, die er zerrissen hat. Ich erinnere mich, als sei es heute. Kranikouski war nicht begeistert davon, dass die Bauern nicht ihm die Kopeken, die Tücher und den Honig brachten, sondern dorthin, zum Weißen Pfahl. Er ging vor Gericht, wo er ein Dokument bekam: »Zur Vermeidung von Versuchung und abergläubischer Offenbarung ist der Brunnen zuzuschütten und streng zu verbieten, dass sich das dreiste Volk versammelt.« Also kam der Schöffe Lyschynkewitsch mit der Kalesche und schüttete den Brunnen zu. Daraufhin versammelten sich die Bauern, reinigten den Brunnen, den Boden schabte der kleine Andrejka Hatoutschytz aus, der nicht wachsen wollte. Die Eltern dachten, dass er für dieses heilige Werk ganz groß wachsen würde. Und er wuchs tatsächlich! Dann lebten alle wieder in Frieden, die Familie Hatoutschytz baute einen Holzkasten um den Brunnen, bis sich dort der Pope Andrej Hachowitsch mit seinem Sohn Pawel, der Erzpriester Maksim Andryjewski, ein ehrlicher Mensch, und der Priester Subozki mit dem Dorfvorsteher Pawel Chilko versammelten – und wieder vor Gericht gingen, weil sie wieder verhungerten. Die Bauern hatten Leinentücher zum Stein getragen, dünne und stärkere, mit eingesteckter Nähnadel, damit die Göttin der Tugend sich daraus ein Kleid nähe, auch Quark, Hüttenkäse und ganze Käselaiber, und Geld in kleinen und großen Münzen. Also kam der nächste Schöffe, Denisewitsch. Hatte Arbeiter mitgebracht, schüttete den Brunnen zu. Und erblindete. Man erzählte, ihn habe die Hühnerblindheit erwischt. Woher hatte er wohl die Hühnerblindheit? Sie befällt die Reichen nicht, nur die Armen, damit sie nicht fremdes Gut begehren. Diesem Denisewitsch erschien also im Schlaf die Göttin der Tugend und sagte: Denisewitsch, warum hast du meinen Brunnen zugeschüttet, aus ihm haben die Vögel getrunken, die Reisenden und die Hirten? Am Morgen öffnete er die Augen – und sah die Welt nicht mehr. Auf Knien kroch er zur Quelle, seine Frau weinend hinterher. Mit den Händen grub und zog er die Steine wieder heraus! Und das, mein Täubchen, waren die guten Steine, die das Gute in sich bewahren! Er grub bis zur Quelle, die Arme ganz zerschunden, wischte mit diesen Armen über die Augen – und konnte wieder sehen. Er baute einen Brunnenkasten, behängte ihn mit Leinentüchern, doch auch das war bald vorbei. Nach Padsjarychas Trockenlegungen stand der Weiße Pfahl schwarz und leer. Während der Blockade 1943, als Nauhalnaje brannte, brachte der Polizist Lindermann Babys zum Brunnen, spießte sie aufs Bajonett und warf sie dann in den Weißen Pfahl. In den Ortschroniken schreiben sie »Lindermanns Brunnen«, sogar ein Schild stand dort. Doch das ist nicht Lindermanns Brunnen, das ist die Quelle zum Weißen Pfahl, die bis zum Mittelpunkt der Erde reicht. Der Weiße Pfahl half, als hier das Schwitzfieber umging, Haarfilz, Skrofeln, Wundrose, Cholera. In einem Jahr, erzählt man sich, brachten Totenreiter die Cholera oder ein Zwerg auf einem weißen Pferd – dort, wo er zuletzt gesehen wurde, wurden Quarantäne und ein Posten angeordnet, drum eben heißt das Dorf jetzt Weiße Furt. Und sie verstärkten die Posten, die Kreuze der Vergebung und die Kreuzwege, denn wer weiß, wohin diese Cholera verschwunden ist!

Nun ist der Weiße Pfahl verschwunden, und niemand erinnert sich mehr, wo er war. Recht geschieht es den Dummköpfen – leere Ähren, leere Wälder, leere Kanäle und Koksagis!

VIII.
ALOUNIKAU

Schwierig war Rynas Leben, immer rückwärtsgewandt. Die kostbare erste Zeit der Kindheit verbrachte sie mit der Alten oder allein. Wenn Natascha, ihre einzige Freundin, bei ihr war, war es lustiger. Mit ihr konnte sie Geheimnisse im Boden vergraben, sich mit Mamas Lidschatten anmalen, Liederbücher über die ewige Mädchenfreundschaft führen, die weder ein Junge noch der Tod auseinanderbringen kann.

Auf S. meine Familie,
auf I., so ruft man mich,
auf N. die beste Freundin,
auf _, mein Bester, dich.

Beide überlegten lange, welchen Namen sie dort eintragen sollten, und beschlossen, »X« für Mister X einzutragen, den im Film der schöne Tscheche Igor Keblušek spielte. Selbst die halbblinde Großmutter sagte über Keblušek: »Den würde ich, glaub ich, auffressen!«

Derjenige, den beide in die letzte Zeile eintragen würden, tauchte auf, als Natascha und Ryna 13 Jahre alt waren. Die stellvertretende Direktorin brachte ihn mit, die Russischlehrerin Warelja. Sie rollte ins Klassenzimmer in ihrem blumigen Sackkleid, und Ryna sank das Herz wie gewöhnlich in die Knie: Gleich geht die Schikane wieder los. »Sirasch dies, Sirasch jenes, Sirasch denkt, dass sie die Klügste hier ist. Ich habe keine Lieblingsschüler, ich behandle alle gleich.«

Doch diesmal lief hinter der Warelja der Neue, also würde die Dressur vertagt.

– Kinder, säuselte Warelja Iwanauna mit honigsüßer Stimme, das ist euer neuer Mitschüler, er ist aus Lida zu uns gekommen. Bitte begrüßt den Neuen wohlwollend und zeigt ihm, was Pionierfreundschaft bedeutet.

Alounikau sah nicht aus wie einer, der großen Bedarf an Wohl und Freundschaft hatte. Er trug einen sauberen braunen Anzug und ein grünliches Hemd – das Erste, was ins Auge sprang. Die Jungs aus Nauhalnaje hatten seit der Kindheit den Wettbewerb laufen, so wenig sauber, artig und fleißig wie möglich zu sein. Sie trugen alle blaue schmutzige und zerknitterte Schuluniformen (die damals ehrlich gesagt furchtbar hässlich waren, genäht aus dünnem, kratzigem Stoff, der ständig fusselte und Fäden zog). Sie waren alle noch Pioniere, für die Unterrichtsstunden bei Warelja wurschtelten sie ihre fettigen, zu einer Schnur verdrehten Halstücher aus den Taschen hervor und banden sie nachlässig um die ungezogenen Hälse. Alounikau war schon Komsomolze, noch dazu mit einem teuren Abzeichen aus Glas statt aus Metall, was ihn zusätzlich besonders, erwachsener machte. Groß, mit grün-goldenen Augen, die irgendwie so im Gesicht saßen, dass Letzteres zwar hier, die Augen jedoch tausende Kilometer entfernt und doch durchdringend schienen. Die Nase wie eine kleine Axt, nichts Besonderes. Die Haare unklar, denn jedes Haar hatte seine eigene Farbe – von silbernem Flusssand über Rotfuchs hin zu grauem Kiefernmoos. Ryna sah ihn sehr deutlich, sogar die Löcher in den Knöpfen, das blaue Kugelschreibermal auf der blassen, ruhigen Hand. In seiner Haltung lag keine Spannung. Er hatte überhaupt keine Angst, weder vor der neuen Klasse noch der neuen Lehrerin, noch der Pause, die entstanden war. Er versuchte nicht, etwas zu sagen, schaute nur alle und niemanden an.

– In der ersten Stunde wird er neben Sirasch sitzen, setzte Warelja mit ihrer süßlichen Stimme fort, wohl wissend, dass Ryna keine Banknachbarn ertrug, schon gar keinen völlig Fremden.

Auf den Lippen der stellvertretenden Direktorin war der Lippenstift verwischt und nur noch in den Fältchen sichtbar. Die Nase eine porige Birne, die Haare im Nacken ein Nest. Warelja war der klassische Schuldrache. Ihr Lachen war unangenehm, ein abgehacktes He-he-he, und wenn sie lächelte, schlossen sich die kleinen schwarzen Äuglein in ihrem großen Siebgesicht zu schmalen Furchen und verschwanden fast. Ihren gewaltigen Körper versteckte Warelja unter blumigen Gewändern, die Rynas Augen blendeten. Und unter diesen Kleidern verbarg sich auch die Ahle, die weder Warelja noch der ganzen Schule Ruhe ließ. Die Russischpaukerin trug zwei große Ringe – einen massiven Ehering und einen zweiten aus dunkelgelbem Bernstein, der an eine Vogelklaue erinnerte. Mit den Ringen hatte sie sich angewöhnt, besonders widerständige Jungs vor die Stirn zu schlagen. Mädchen schlug sie nicht. Ryna hatte darüber nachgedacht, für die Jungs Partei zu ergreifen, entschied sich aber dafür, sich nicht einzumischen. Letztlich mussten sie auf sich selbst aufpassen. Wenn sie in den Pausen jüngere Schüler beleidigten, waren sie wie junge Adler, vor der stellvertretenden Direktorin waren sie Kuschellämmchen.

Warelja verachtete Ryna heftig. Die Noten rutschten in den Keller, was Unannehmlichkeiten mit den Eltern verhieß. Dabei wollte sie die Schule gut abschließen, komme, was wolle. Ryna verstummte völlig, achtete nur noch darauf, wann Warelja überschnappte. Und sie drehte früher oder später durch. Zog Klawa aus der Oberstufe an den Haaren, weil diese nicht nur mit Dauerwelle, sondern dazu noch mit goldenen Ohrringen zur Schule gekommen war. Warelja kreischte über zwei Stockwerke, drohte Klawa, ihr diese Ohrringe auszureißen. Niemand trat für Klawa ein, ihre Mutter war Melkerin und soff, die Töchter hatte sie von einem Durchreisenden und so sehr das Zeitgefühl verloren, dass sie die eine Klawa und die andere Faja nannte, als stünden die Fünfziger noch vor der Tür. Die schöne, kräftige Klawa aus Lipjen hatte einen Verehrer, der gut zwanzig Jahre älter war. Er kleidete sie ein, gab auf sie Acht und wartete darauf, dass sie die Schule beendete. Klawa war völlig zufrieden mit diesem Schicksal, konnte den Abschluss kaum erwarten und gab daher nicht viel auf Waleryja Iwanaunas Ausfälligkeiten. Am nächsten Tag kam sie mit ordentlich gebundenem Kopftuch und ohne Ohrringe zur Schule, damit war es erledigt.

Es gab niemanden, der Warelja aufhalten konnte. Ryna hatte schon darüber nachgedacht, die Lehrerin ein wenig zu vergiften, indem sie Wolfsmilch in ihren Krug schüttete. Gut gemachter, durchsichtiger Wolfsmilchsaft, nur leicht bitter, passte wunderbar zum Geschmack abgestandenen Wassers. Davon stirbt man nicht, nur die Zunge quillt etwas auf, wie ein Holzklotz, und die Äderchen in den Därmen dehnen sich, wodurch der Bauch schmerzt, ohne dass man die Ursache findet. Auch der Kopf dreht sich ein bisschen. Man kann einen Schreck bekommen. Warelja übertrieb es schon seit einiger Zeit, man musste sie an ein paar Dinge erinnern. Jenseits ihres Hochmuts war sie in der Tiefe ihrer Seele ängstlich und abergläubisch. Bei solchen Leuten ist das immer so.

Jetzt hatte sie also den Neuen neben Ryna in die erste Bank

gesetzt, rechte Reihe, direkt vor ihrer Nase. Alounikau zog ruhig den Stuhl heraus, setzte sich und lächelte der Nachbarin zu. Ryna wusste, dass er später in die letzte Bank umziehen würde – er war zu groß und zu ruhig, um vor Wareljas Augen herumzuflirren und den Blick in die zweite Reihe zu versperren, wo Ramaschka und Ljuda stricken und Karten spielen würden. Ryna war zwar auch groß, würde aber ewig in der ersten Bank sitzen – weil Warelja wusste, wie sehr sie das hasste.

Ryna betrachtete den Nachbarn heimlich, ohne ihn anzuschauen (das bedurfte höchster Vorsicht). Nach vier Unterrichtsstunden wusste sie eine Menge über ihn. Seine Hände waren genau in ihren Bewegungen und sauber. Ordentliche kleine Ohren. Er flegelte sich nicht hin und strengte sich nicht an. Er war einfach in jeder Sekunde bereit und er selbst. Alounikau sprach kein Wort mit ihr und zog dann in die letzte Bank.

Zwei Wochen vergingen wie unbemerkt, selbst Wareljas Launen nahm Ryna nicht wahr, völlig beschäftigt mit der Beobachtung Alounikaus, ohne dass jemand es bemerken durfte. Ohne etwas dafür getan zu haben, wurde er sofort zum Tonangeber. Ryna bemerkte, dass sich in seiner Gegenwart jeder irgendwie öffnete und begieriger lebte. Schule, Noten und Unannehmlichkeiten rückten in den Hintergrund. Ryna verstummte so sehr, dass nur noch wenig fehlte und sie wäre in den Zustand der Unsichtbarkeit übergetreten. Dem setzte Warelja ein Ende. Sie zog Rynas »Auseinandersetzung mit einem Bild« aus dem Stapel, las den Text laut vor und besudelte ihn, wie sie konnte. Die Klasse, erfreut, dass die Bestie mit jemandem beschäftigt war, um den es ihr nicht leid war, plärrte und johlte, aber so, dass Ryna auf niemanden besonders böse sein konnte. – Mazej und Wera, höhnte die Iwanauna. Sie sieht zwei Kinder auf dem Bild »Herbstwald« – Mazej und Wera! Wer heißt denn heute so? Wo hast du diese Vornamen her? Wer nennt denn seine Kinder so? Heute sind andere Namen modern – Sweta, Ljuda, Natascha, Siarhiej, Andrej.

– Und Waleryja, sagte Ryna. – Ein sehr schöner und moderner Name – Waleryja.

– Was hast du gesagt? Wie kannst du nur? Wen nennst du hier Waleryja? Meißel dir das ein – ich bin deine Lehrerin, Waleryja Iwanauna! Vor zur Tafel!

Ryna trat nach vorne. Warelja kam auf sie zu mit irgendeinem Plan – vielleicht wollte sie ihr an die Haare, wie bei Klawa, oder mit dem Heft übers Gesicht, wie beim jungen Korsun.

– Wenn Sie mich auch nur mit dem Finger anrühren, springe ich aus dem Fenster, sagte Ryna.

Warelja, ein fast schwärmerisches Lächeln im Gesicht, kam näher. Ihr riesiger Busen ging kampflustig voran, wie die Schweinskopf-Aufstellung bei den alten Rittern. Ryna trat zurück in Richtung der Fenster, drehte sich um – dabei fiel ihr Blick auf den Wasserkrug (wie schade, dass sie keine Wolfsmilch hineingetan hatte!). Hastig schob sie die Vase mit den lilafarbenen Glockenblumen und den Krug zur Seite, drehte die Fenstergriffe um und sprang aus dem ersten Stock, direkt in das Beet mit den stinkenden Zinnien. Schade war es um die weißen Kniestrümpfe und Sandalen, ansonsten tat ihr aber gar nichts leid. In diesem Moment sprang noch jemand aus dem Fenster. Neben ihr stand Alounikau und lächelte.

– Guter Sprung!, sagte er. – Lass uns in den Wald gehen und rauchen.

Im Wald rauchten sie wirklich, Ryna wurde übel davon, aber Alounikau schaute sie mit seinen grünen Augen an und sagte:

– Übertreib's nicht mit dem Springen, sonst zerbrichst du noch. Bist ja platt wie ein Brett.

Ryna bekam eine Vier in Verhalten für das Vierteljahr, aus Furcht machte man dann doch eine Drei daraus. Alounikau geschah nichts, da sein Großvater, Silwestar Michajlawitsch, einer der ehrwürdigen Förderer der Schule war und an jedem Feiertag kam, um zu erzählen, wie heldenhaft die sowjetische Macht errichtet wurde und wie sich das gesamte sowjetische Volk gleich einem einzigen Menschen zum Kampf gegen die deutsch-faschistischen Eroberer erhoben hatte. Ryna mochte die Besuche des Alten. Jedes Mal erzählte sie danach zu Hause der Drumeben die Geschichten nach, und die lieferte ihr eine umfassendere Version der Ereignisse. Über die einarmige Heldenkomsomolzin erfuhr Ryna, dass sie Salwes' Geliebte gewesen war, die Schardyka, nachdem Feldsanitäter Lapotka ihr den verletzten Arm abgetrennt hatte, nach Moskau schickte, ihr eine Medaille verschaffte und sich eine andere zulegte.

– Er hatte in jedem Dorf so eine Heldin, und jede bekam eine Medaille oder ein Balg!, beendete die Großmutter ihre Erzählung. – Ich sagte oft zu ihm: »He, Schardyka, hast du mehr Menschen erschlagen oder gezeugt?« Und er lachte und drohte, dass meine lange Zunge mich noch auf den Grund der Skordyna-Sümpfe bringen würde. Auf Nimmerwiedersehen. Daraufhin ich: »Und wer wird dann deine Brüche und Schanker heilen, und zwar so, dass niemand erfährt, was für ein Held du bist?« Mit Hexen legte sich Schardyka nicht an, daran tat er gut.

Nach dem gemeinsamen Flug aus dem Fenster begann Alounikau Ryna zu besuchen. Sie schrieb für ihn Aufsätze und half ihm bei Deutsch. Die alte Drumeben kam aus ihrem Zimmer, blieb an der Tür stehen, hielt ihr Ohr daran und lauschte den Gesprächen.

– Ganz der Salwes, das wird genauso ein Arschloch und Ganove!, lautete ihr Urteil. – Und seine Mutter, Tanka Goldlibelle, ist genauso verkommen! Ihr Vater konnte seine Tochter schicken, wohin er wollte, in die Wirtschaftsschule, hierhin, dahin, sie hatte doch immer nur Männer im Kopf. Arbeitete als Chefin in der Lidaer Glashütte und fing was mit einem verheirateten Ingenieur an. Der erkannte den Buben zwar an, ließ sich aber nicht scheiden! So sind sie, diese Schardykas! Sieh dich vor, Mädchen!

Aber da gab es nichts vorzusehen. Alounikau rührte sie nicht an. Er ging mit allen Mädchen aus der Schule aus, sogar mit denen aus der Oberstufe, aber nie mit Ryna. Sie unternahm auch nichts, bemühte sich nicht, schöner auszusehen und zu gefallen, die Sache war hoffnungslos. Ryna war wirklich platt wie ein Brett. Von der Liebe hielt sie ohnehin nicht allzu viel, das Körperliche ekelte sie, vor allem nach dem Abenteuer mit dem »Mondsblut«. Ryna verstand, dass sie nichts zu geben hatte und nichts nehmen konnte.

Das hinderte sie jedoch nicht daran, im Liederbuch einzutragen: »auf A., mein Bester, dich«. Im selben Buch schrieb sie auch hausgemachte Gedichte über seine Haare und Augen, über die Hände und sogar über die Ohren, ohne zu wissen, dass Natascha, die wieder begonnen hatte, sie zu besuchen und mit ihnen herumzusitzen, diese Gedichte eifrig durchstöberte, um sie Alounikau als ihre eigenen zu präsentieren. Das kam ganz einfach ans Licht: Alounikau erzählte Ryna lachend, dass »Nataschka« gar nicht so dumm sei, wie er dachte, und sogar Gedichte schreiben könne. Ryna hörte sich schweigend ihre eigenen verdrehten Zeilen an und verbrannte noch am selben Abend alle Tagebücher und Liederhefte. Sie brannten lange und unwillig – so viele Fragebögen, Aufkleber und

Zeitungsausschnitte. Großmutters Anilinhefte waren nichts gegen ihre – sehr gute Hefte mit schönen Umschlägen waren das, mit der Aufschrift »Heft für den Allgemeingebrauch«. Ryna hatte dafür wohl das gesamte kümmerliche Taschengeld ausgegeben, das sie von ihren Eltern bekam. »Tatsächlich, ein Heft zum allgemeinen Gebrauch«, knurrte sie, »lest nur, lest, ihr guten Leute!«

Sie stellte sich vor, wie einsam sich Orka wohl in der kalten Scheune gefühlt haben musste, als er all seine Aufzeichnungen zerriss. Wie Rabbi Mosche auf die Kommissarspfoten des Idioten Lasewulkin geschaut haben musste, die zehn Jahre seines Lebens und Schaffens zerpflückten. Oder wie Janka Kupala sich wohl selbst die Hände verrenkte und zerbrach, um seine »leeren Reime« zu schreiben, weil man ihn – und nicht nur ihn – für das, was er eigentlich schreiben wollte, hätte umkommen lassen. Viele Menschen auf der Welt vernichten das, was ihnen am teuersten ist, und schreiben »leere Reime«, um leben zu dürfen. Ryna begriff, dass ihr Leid nur ein unbedeutender Tropfen in einem riesigen Sumpf menschlichen Leids war. Besonders hier, wo alles stirbt und sich nichts hält.

Als die Mutter ihn gebar,
Leuchtete kein Stern.
Unfreiheit bleckte die Zähne,
Not lacht' nah und fern.

»Nicht heulen, nicht lachen, sondern verstehen und handeln!« Nataschas Liederhefte mussten zusammen mit den entweihten Gedichten ebenfalls verbrannt werden. Dabei gab es ein Problem – Natascha und ihre Eltern lebten in einem zweistöckigen, »Schanghai« genannten Haus mit acht Wohnungen, wodurch es unmöglich war, sich einzuschleichen, ohne von Nachbarn bemerkt zu werden. Trotzdem konnte Ryna nicht warten, es brannte in ihr, dass ihre Gedichte dort lagen und von Nataschka verstümmelt wurden. Deren Verrat war nichts Neues für sie, denn Natascha hatte sich auch früher schon herausgewunden wie die Fledermaus über dem Feuer. Zudem, was konnte man schon von ihr erwarten, ganz ehrlich? Sie träumte ja nur davon zu heiraten, in der Stadt zu leben und zwei Kinder zu haben. Ryna schaute mit stiller Verachtung auf diese bodenständigen Träume ihrer Freundin.

Dann geschah alles viel einfacher, als sie gedacht hatte. Am Samstag feierte Wanka Wetschar im ersten Stock des Schanghai Hochzeit. Ihr denkt, es sei eine dumme Idee – einzusteigen, um zu klauen, wenn statt acht Zeugen ganz Nauhalnaje anwesend ist? Eben gerade nicht. Die Vorbereitungen für die Hochzeit liefen auf höchster Flamme, alle begannen schon auf der technischen Etappe zu trinken. Die Türen standen offen, denn in allen acht Küchen wurden Hühnchen gebraten, Blutwürste und Fische geschmort, Kaltes zubereitet, die Schwänze der eisernen Handfleischwölfe gedreht, Salatköpfe zerhackt, Kartoffeln gerieben für Puffer und gefüllte Klöße, alle liefen herum, um etwas auszuleihen, mal fünfzig Schnapsgläser, Sitzbänke, Hocker, Tischtücher und Tische. Ryna schlich sich unter dem Vorwand ein, als Nataschas Freundin helfen zu wollen, und hatte dann alle Zeit der Welt, um deren Geheimverstecke zu durchsuchen. Unter Nataschas Bett stand ein kleines Kästchen, in dem die Liederhefte lagen, ein Foto von Alounikau, ausgeschnitten aus der Zeitung *Belarussischer Pionier*, auf dem Alounikau als Sieger der Spartakiade prangte, außerdem irgendwelche mit einem Bändchen zusammengebundenen Haare, und ein trüber Silberspiegel mit Schuppen auf der Rückseite, darauf das bekannte, halbverwischte Siegel. Ryna nahm den Spiegel nicht, obwohl sie jedes Recht dazu gehabt hätte. Die Tagebücher durchblätterte sie und nahm nur die zwei, in denen ihre Gedichte standen. Würde Natascha Verdacht schöpfen? Entschlossen nahm Ryna das Kästchen, zerwühlte seinen Inhalt und trug es ins Wohnzimmer, das für Nataschas Eltern auch das Schlafzimmer war. Sollte Natascha denken, dass ihre Mutter die Sammlung durchsucht hatte. Das wäre nichts Neues.

Im Wohnzimmer standen eine lackierte Schrankwand, eine Couchecke, ein dreiteiliger Frisierspiegel mit den Fläschchen von Nataschas Tante Alena sowie ein Fernseher auf einem kleinen, von besticktem Tuch verhüllten Tischlein. Auf dem runden Esstisch, der mit einer Plüschdecke mit dicken Quasten bedeckt war, tickte ein runder Wecker. Unter der Tischdecke konnte man sich verstecken, falls jemand kam. An den Wänden hingen Porträts der Vorfahren – Fräuleins mit hochgetürmten Haaren und wackere Männer in Uniform und Zivil. Ryna kletterte auf einen Stuhl und betrachtete von allen Seiten das Porträt eines Mannes mit Litzen, konnte aber keine Bildunterschrift finden. Danach öffnete sie den Sekretär, nahm eine Tasche mit Dokumenten, zog die Eheurkunde hervor und erfuhr so den Mädchennamen von Tante Alena. Es war an der Zeit zu gehen, die Sache war erledigt, und zwar erfolgreich.

Einige Tage später beschwerte sich Natascha, dass die Mutter wieder in ihren Sachen gewühlt und alles verstreut habe. Sie machte der Mutter einen fürchterlichen Skandal.

Auf Wanka Wetschars Hochzeit betrank Ryna sich zum ersten Mal, verlor einen Schuh, überzeugte sich dafür aber davon, dass Alkohol wunderbar Probleme verscheucht und das

Schlechte viel besser in Gutes verwandeln kann als der heilige Ilias. Seit jener Zeit gab es keinen Tag, an dem sich Ryna nicht die Laune verbesserte, denn Schnaps und Likör gab es in Aredeber reichlich. Bald war sie Expertin in dieser Sache, wie auch in Großmutters Ursuppen und Urteilen.

Beim Abschlussfest sagte Alounikau: »Ryna, du musst mich irgendwie vergessen. Du wirst mir immer zu wenig sein. Du bist doch platt wie ein Brett.« Erniedrigend war die Erkenntnis, dass er sie durchschaut hatte, obwohl Ryna nie jemandem etwas erzählt hatte. Nach dem Fest gab es eine inoffizielle Feier im Wald, zu der sie nicht eingeladen wurde. Sie versteckte sich in einem Gebüsch jenseits des Dorfes, genau dort, wo der bronzene Partisan im Pullover aus dem Wald trat. Die Jungen und Mädchen hatten ein Lagerfeuer entfacht, tranken Selbstgebrannten und sangen zur Gitarre. Alounikaus Hand lag mal auf der Gitarre, mal auf Nataschas Rücken. Wollte Ryna, dass seine Arme um ihre Schultern lagen? Ja und nein. Denn er hatte recht − er war zu viel, sie war zu wenig. Was hätten sie auch zusammen gemacht? Ryna fühlte sich Alounikau und Natascha überlegen, gleichzeitig aber auch wie das unansehnlichste Monster auf der ganzen Welt. Was selbstverständlich in diesem Jahrhundert eine Variante der Norm darstellt.

Bevor Alounikau, wie Generationen von Lipjener Jungs vor ihm, sein Studium am Belarussischen Institut der Mechanisierung der Landwirtschaft begann, verdrehte er noch der Tochter des Vorsitzenden den Kopf, machte ihr ein Kind und weigerte sich, sie zu heiraten. Shanna, das begehrteste Mädchen der ganzen Umgebung, eine sonnengebräunte Schönheit, die schon seit ihrer Kindheit nur Seidenschlüpfer trug und mit deutschen Porzellanpuppen spielte, schluchzte und wollte sich den Strick nehmen. An Schardykas Nachkommen perlte das ab wie Wasser von der Gans. Ryna wiegte nur den Kopf. Arme Shanna, sie war auch zu wenig gewesen.

Ryna nahm alles, was das Universum ihr gab, ohne zu nörgeln an. Warelja hatte ihr ein bisschen das Abschlusszeugnis versaut, aber nicht so arg, als dass es nicht fürs Pädagogische Institut reichte. Sie studierte also und kehrte nach der Universität nach Hause zurück, um das Studium abzuarbeiten. Zuerst arbeitete sie in der heimischen Schule, stellte aber bald fest, dass sie ihre Berufswahl nicht mit nüchternem Kopf getroffen hatte. Sie war weder gern mit Kindern noch mit Lehrern zusammen. Selbst unter Großmutters schwarzen Hühnern gab es jedes Jahr eines, das sich von der Menge absetzte, im Wald herumschwirrte und schließlich durch den Fuchs, den Iltis oder einen Schlag der Zaunpforte gegen den Hals endete.

Als die alte Bibliothekarin gestorben war, nahm Ryna ihren Platz ein, und das wurde die glücklichste Zeit. Die Bibliothek befand sich in einem alten Kulakenhaus, das bei Frost und Hitze ächzte und immer tiefer in die Erde sank. In die Bibliothek kamen die Menschen allein. Einsame Bibliothekarin, einsamer Leser. Das war eine völlig andere Form des Kontakts.

Langsam begab sich Ryna in den Sumpf der Rücksichtslosigkeit. Wenn jemand ihre Grenzen übertrat, machte sie sich Spiele daraus. Als sie Warelja bemerkte, die mit den Jahren noch fetter geworden war und immer mehr einem Bienenkorb ähnelte, rollte Ryna in Gedanken den gelblichen Speck von ihrem Rücken und sah das Rückgrat, gebrechlich, mit spitz zulaufenden Fortsätzen an jedem Wirbel. Der menschliche Wirbel erinnert an eine Sackpfeife – drei Fortsätze und ein runder Sack. Drück auf die Fortsätze und lausche, wie sie knirschen.

Ryna lief hinter Warelja, beobachtete, wie diese sich das Kreuz hielt und erstarrte, dann ging sie an ihr vorbei und schaute sie dann so ausdrucksvoll wie möglich an. Warelja war stark gealtert, das Gesicht war nach unten gesackt und von Barthärchen bedeckt, nicht vergleichbar mit einem rosinengespickten Osterbrot. Da war niemand mehr, an dem man sich rächen musste. Kein Mensch ist mehr als fünf Minuten Feindseligkeit wert.

Ryna konnte jemanden zum Hinfallen bringen, jemandem Bauchweh oder ein plötzliches Gefühl der Schwermut oder Angst verursachen. Sie dachte darüber nach, wer sie jetzt wohl sein könnte, wenn sie nicht von Kindesbeinen an Schlaflieder über blutsprudelnde Kopfkissen, Märchen vom Söhnchen Pilipka und dem Bären mit dem falschen Bein und Alltagsgeschichten über den Krieg in den Sümpfen zu hören bekommen hätte. Die großmütterliche Erziehung hatte sie zu einem Mogli gemacht, der die neue große Welt nicht spürt und nicht er selbst sein kann.

Alounikau verdrückte sich zur Verwandtschaft nach Petersburg, heiratete eine »waschechte Leningraderin«, wie Tanja Goldlibelle stolz herumerzählte, machte ein Kind, baute ein Haus in Wyborg und holte sich ein Auto aus Deutschland. Dann wurde er in Polen fast erschossen. All das drang zu Ryna wie durch ein Gazetuch. Sie hatte viele eigene Probleme. Die 1990er waren angebrochen, die Bibliotheken wurden gekürzt, alle in der Familie verdienten irgendwelche Tropfen. Man müsste irgendwohin in die Welt ziehen, warum nicht? Die Grenzen standen offen, plötzlich gab es viele Möglichkeiten, »die Fortifikationen zu überwinden«, wie Fanfan der Husar gesagt hätte. Sie lebte in Polen, Tschechien, Deutschland, in der Ukraine, ein bisschen in Amerika, wohin 1936 Mosche Fajnschtajn und der Kulak Iwan Scheschka mit dem Schiff gefahren waren, nachdem sie begriffen hatten, was hier im Gange war. Man konnte also auch flüchten!

Weihnachten 2009 verbrachte sie in Aredeber und verprasste das Geld, das sie in Polen verdient hatte. Da das Geld zu Ende ging, würde sie bald wieder in die Welt ziehen müssen. Ryna saß in ihrem Zimmer und stöberte im Internet nach Annoncen. Was wollte sie sein? Schweinewäscherin in Irland? Erdbeerpflückerin in Holland? Fischsortiererin in Schweden? Aupair in Deutschland? Händlerin in Polen? Lagerarbeiterin in Tschechien? Nanny für drei polnische Kinder in Chicago? Sie brauchte eine Arbeit, die das Gehirn wenig belastete, ein Bett in einem Einzelzimmer und eine Kneipe oder ein Spirituosengeschäft nicht weiter als einen Block entfernt. Leben kann man still und angenehm, wie es eben kommt. Ohne Wünsche und Erwartungen. Die Welt ist voll von kleinem Geld und kleinen Möglichkeiten.

Nicht alle teilten ihre Lebensphilosophie. Nach den Feiertagen stand ganz Lipjen Kopf: Jemand hatte die örtliche Bank überfallen, und auch noch so, dass Zeitungen in aller Welt davon berichteten. So etwas hatte es in Belarus in hundert Jahren nicht gegeben, unter keiner Macht, unter keiner Währung. Die Diebe hatten die Lipjener Filiale der Staatsbank überfallen und zwei Milliarden Rubel, 150.000 Dollar, 15.000 Euro und zwei Silberbarren erbeutet, außerdem einen Drucker, Mobiltelefone, einen Wasserkocher, Damenschuhe und ein Päckchen Tee.

Der Raubzug hatte am Neujahrstag stattgefunden, als sich in der Bank die Erlöse von fünf Tagen angesammelt hatten. Am 31. Dezember hatte die Bank verkürzt gearbeitet, es gab keine Kunden. Eigentlich hatte in Lipjen das Feiern schon zum katholischen Weihnachten begonnen. Alles im Städtchen und den Dörfern ringsum war von Stille eingehüllt – alles war leer, nur zwei oder drei streunende Hunde patrouillierten in den grauen, schneelosen Straßen. Der Winter hatte nur leichten Frost gebracht, war trocken und stürmisch. Alles war in Zeitlosigkeit oder Halbschlaf erstarrt – dem Teufel kein November, dem Herrn kein Dezember. Der Wald stand gedankenversunken, ob er vom Grau ergrauen oder von der Wärme erröten solle, die Vögel verstummten und zitterten in den Sträuchern, wie braune Läppchen, am Himmel zogen niedrige kleine Wölkchen vorüber, die man auch »Schwiegereltern auf Durchreise« nannte. Nichts deutete auf Weihnachten hin. Nur in den Häusern, den Schänken und Datschen, in den Sommerküchen herrschte buntes Treiben. Die Vorgesetzten gaben vor, nichts zu sehen, versteckten sich in ihren Büros und störten nicht. Man feierte in der Traktorenstation, in den Viehställen, den Forstbetrieben, den Sägewerken, den Sanitätsstationen und den Amtsstuben. Selbst die Dorflehrerinnen kamen in Festtagskleidung zur dritten Stunde mit erdbeerroten Gesichtern, gutmütig und heiter. In den Futtertrögen der Ställe schliefen Viehbursche und Melkerin in bukolischer Eintracht, die Kälber zupften sich vorsichtig das Heu unter ihnen hervor.

In der Nacht vom 31. Dezember auf den 1. Januar brachen zwei Leute in die Bank ein. Ein Dritter stand Schmiere. Mittäter waren außerdem die Kassiererin und der Wachmann, alle im Alter von 33 bis 38 Jahren. Seit dem Morgen hatten sich die

Räuber in der Garage der Bank versteckt, wo es keine Alarmanlage gab, und warteten darauf, dass Ruhe einkehrte. Nachdem sie die Tresore geleert hatten, nahmen sie den bankeigenen Firmenwagen, fuhren in den Wald von Kaszjukowitschi und stiegen in ein Privatauto um. Die Kassiererin und den Wachmann hatten sie gefesselt, auf den Boden gelegt und in den Rücken getreten, um den Schein zu wahren. Beide wurden befragt, durchsucht und laufenlassen.

Wie sie geschnappt wurden, ist ungewiss. Einige sagen, dass die Diebe, anstatt abzuwarten, ihren Erfolg zünftig im *Elch* in Staryje Darohi feierten, dort alle Vorräte aufbrauchten, um danach zum Zechen nach Hlusk weiterzuziehen. Zu allem Überfluss nahmen sie auch noch die Kassiererin mit. Im Rausch begann ihr Liebhaber, sich an Mädchen ranzumachen, die er sich sonst nicht leisten konnte, und Natascha drohte, alles der Polizei zu erzählen. Da beschlossen die Männer, dass sie wegmusste. Sie fuhren nach Wopin, zu den Partisanenbunkern und dem Moorsee, angeblich um ein Picknick zu machen. Dort tranken sie wieder, saßen in der Erdhütte und schlugen Natalka dann auf den Kopf und warfen sie in den See. So wäre sie gestorben, wäre nicht ihr Hund gewesen. Schicksal! Natalka hatte diesen Schulik selbst gefunden, als sie im See bei Wolyje badete. Jemand ersäufte Welpen in einem Sack, sie wurden ins Schilf geschwemmt, und Schulik piepste in dem Sack aus vollem Hals. Natalka fütterte ihn mithilfe eines Geschirrschwämmchens, und er wurde groß wie ein Bär. Überallhin folgte er ihr. Natascha fährt mit dem Fahrrad – Schulik rennt, sie fährt mit dem Auto – Schulik rennt. Er hatte den Landkreis nicht schlechter abgegrast als der alte Harasim Harwata. Vielleicht hatte Schulik sie herausgezogen, vielleicht war sie auch aus eigener Kraft herausgekrochen. Sicher ist, dass Schulik sich neben sie legte, damit sie nicht erfror. Bis der junge Förster Patorski vorbeikam, etwas Dunkles liegen sah, daneben ein Hund oder auch ein Wolf. Als er Patorski sah, begann Schulik zu bellen, zu laufen und zu springen. Natalka wurde gerettet, hatte nun aber völlig den Verstand verloren, ihr Gehirn stand in Flammen. Sie wurde nach Saretschscha ins Heim gebracht. So ein Leid! Die einzige Tochter ihrer Eltern.

Man erzählte sich auch, dass es Tanka Goldlibelle war, die ihren Sohn unabsichtlich verraten hat, weil sie in Lipjen noch mehr Lurextücher kaufte, sich einen Fuchspelz zulegte und im Spirituosengeschäft auf eine Sorte umstieg, die sonst niemand je gekauft hatte. Dieser Schnaps stand so weit oben im Regal, dass Nihora, die Verkäuferin, auf einen Stuhl steigen musste, um ihn herunterzuholen.

– Wo hast du dich so vergoldet, Libelle?, wurde sie gefragt. Und Tanja brüstete sich, dass ihr Sohn gut verdient und sie eingeladen habe.

Zunächst wurden nur zwei festgenommen, Illja und Ihar. Alounikau, erzählte man, sei nach Russland abgehauen, verstecke sich vielleicht in Petersburg bei dieser Ehefrau. Illja wurde von der eigenen Mutter verraten, sie wollte ihn allerdings wirklich verraten und tat es dann auch. Sie hatte keine Ruhe vor ihrem nichtsnutzigen Sohn. Wann immer er zur Mutter kam, um Geld zu fassen, ging er in den Hof, holte sich alle Eier aus dem Hühnerstall, drehte einem Huhn oder dem Hahn den Hals um – und ab in den Kofferraum. In Wolaje kaufte er Sachen auf Pump. Die Mutter wurde ganz schwarz und dürr, zahlte alle Schulden für den Sohn. Als sie dann im Backtrog im Holzschuppen Geld fand, rief sie sofort die Polizei. Im Trog fand sich nicht nur Geld, sondern auch eine Kiste mit allerlei Dingen, die sie von den Schreibtischen mitgehen lassen hatten.

Diese Dummköpfe kamen also vor Gericht, Natalka war kein Mensch mehr, sondern nur noch ein halber, Alounikau wurde nie gefunden. Irgendwann wird er sich verplappern, wieder herkommen, frisch und munter, wie es seine Art ist.

Alounikau verplapperte sich aber nicht und kam nicht zurück. Ryna besuchte Natalka in Saretschscha. Aus einer gesunden Frau hatte sie sich geistig in ein hilfloses Kind verwandelt, war riesig und aufgedunsen wie ein Heuballen. Schulik lungerte auch dort herum, die Menschen im Ort fütterten ihn durch. Nataschas Eltern hatten ihn zu sich nach Nauhalnaje geholt, aber Schulik riss sich jedes Mal los und war am nächsten Tag wieder in Saretschscha. Natascha hatte anscheinend alles vergessen, was ihr zugestoßen war. An Ryna erinnerte sie sich aber und freute sich über ihre Besuche. Sie jammerte nur, dass sie Andrejka so sehr vermisse, und las Ryna Verse über »Haare wie Sand und Augen wie Birkenblätter« vor. Fragte, wann Andrej denn endlich käme, ach bitte, er solle doch kommen, sie sei ihm auch überhaupt nicht böse. Sie sorgte sich, Andrej könne kommen und sie würde ohne Tuch, ohne Frisur und ohne Lippenstift dastehen. Alles gehe verloren, weil sie keine Handtasche habe. Da kam Ryna auch der Gedanke, den Spiegel mitzunehmen. Das wäre nur gerecht. Der Spiegel gehörte Prosja, nicht Lasewulkins Nachkommen. Man musste ihn Prosja zurückgeben und den Kreis des Unglücks und der Schande schließen. Bloß wie? Prosja war irgendwo im Lagerstaub umgekommen, ein Grab gab es nicht. Also musste Darafeja den Spiegel bekommen. Allerdings fiel es Ryna schwer, einer Unglücklichen den Spiegel abzuluchsen. Immer wenn sie Natascha zu Weihnachten besuchte, bat sie sie lediglich, den

Spiegel niemandem zu zeigen, nur ihr selbst. Es sollte »unser kleines Geheimnis« sein. Doch nun war alles anders, Darfeja hatte die letzte Reise angetreten, und es war die letzte Möglichkeit, den Spiegel seiner Besitzerin zurückzugeben.

IX.
DER LETZTE DISTELSAFT

Zu früh. Ihr Körper war noch nicht unter der Erde, da brachten sie schon Großmutters blauen Thron in den Holzschuppen, wo er vom tauenden Reif durchnässt würde, und ihren Krückstock trugen sie hinaus, wozu brauchte sie den auch in jener Welt. Ihre Lumpen lagen in Haufen auf dem Hof. Die verwaisten Kostbarkeiten eines Verstorbenen im Regen oder Matsch sind der wahrhaftigste und lehrreichste Anblick auf der Welt. Ein armseliger Schatz – halbverblichene Porträts in abgegriffenen Rahmen, Loburkunden oder Zettel von der ersten Kommunion, bemitleidenswerte Souvenirs. Vom Alter wellig verzogenes Schuhwerk nimmt auf allen Müllkippen der Welt die Form eines Kreises an. Es ist derselbe Kreis, der auf dem Wasser auseinanderdriftet, nachdem der Stein schon längst untergegangen ist. Ryna umrundete den Haufen. Morgen würde all das verbrannt oder auf die Halde hinter der Kartoffelmiete geworfen werden. Von Darfeja würden nur die angekohlten nassen Anilinhefte bleiben.

Ryna erinnerte sich an jenen Abend, als sie gekommen war, um der Großmutter zu sagen, dass sie das Kraut der letzten Distel brauche.

– Für wen, fragte die Großmutter.

– Schardykas Junge.

Am Abend war sie bei der kleinsten, buckeligsten Erdhütte von Wopin gewesen, die kaum jemand kannte. Alounikau war weder nach Polen noch nach Russland geflohen, sondern wartete auf das Ende der Ringfahndung. Sie kannte seinen Ort. Wopin, Erdhütte, Müllecke, Steinkreis für Lagerfeuer. Alounikau war hier. Ryna brachte eine Brotbüchse und Likör mit, schenkte ein, trank und konnte sich partout nicht betrinken. Es war fürchterlich. Aber irgendetwas musste sie tun. Natascha war ja nicht die Erste gewesen. Es gab, so stellte sich heraus, noch mehr Ladendiebstähle im Kreis Shytkawitschi, auch einen Wachmann mit eingeschlagenem Schädel … Ihn an die Polizei verraten, wie es die alte Ljaschtschenicha mit ihrem Sohn getan hatte? In Lipjen kommt alles heraus. Bei der Polizei arbeiten die Ramentschiks, und die Ramentschiks schmuggelten Schnaps, die Chentas arbeiteten im Kreisgericht und stahlen Autos in der Molkereifabrik … Nein, besser, man machte alles auf eigene Art.

Nataschas aufgedunsenes Gesicht, die pilzförmigen Lippen, zwischen denen der Rest eines Zahns hervorschaute … Sie ging also erneut zu ihm, nachts. Er könnte sie töten wie Natascha, könnte den Wein und das Essen nicht annehmen. Spielen wir, wie das Schicksal.

Der kahle, charakterlose Wald zog zu dieser Jahreszeit keine Blicke auf sich. Die grauen Bäume ließen ihre Zweige im Wind hängen, das vertrocknete Gras und die Büsche krochen auf der nasskalten Erde. Kälte, Unwirtlichkeit, Beklemmung.

– Grüß dich, Alounikau. Wie lange wirst du hier noch sitzen?, sagte sie.

– Ah, Rynka-Rinde. Wie hast du mich gefunden?

– Ich wusste immer, wo du bist.

– Ich habe dir gesagt, du sollst dich von mir fernhalten. Siehst ja selbst, was mit denen geschieht, die sich nah an mich halten.

Sie schaute in sein Gesicht, schaute zum ersten Mal einfach in sein Gesicht, ohne Ränke, Versteckspiele, Hoffnungen, Hunger oder Verlangen.

– Hab dir Essen mitgebracht, wie die Partisanengeliebte.

– Nur Essen?

– Und Trinken.

– Nur Essen und Trinken?

– Das kommt ganz auf dich an.

– Na ja, bist ja selbst hergekommen.

Am Morgen schaute sie wieder in sein Gesicht, ohne Ränke, Versteckspiele, Qualen, Hoffnungen, Hunger und Verlangen. Großmutter Darocha hatte gesagt, dass auf Wopin siebzig Ameisenvölker leben, darunter auch solche, die bis zum Frühling vom Körper nur saubere, weiße Knochen übriglassen, auf denen man wie auf einer Hirtenflöte spielen kann. Ameisen von allen Enden Belarus' krochen nach dem Krieg nach Wopin, und nach Wopin flogen auch die Ameisenköniginnen. Aus den Gebieten Homel und Mahiljou, aus Minsk und Brest, aus Wizebsk krochen und flogen sie auf eigenen Wegen daher – ganze siebzig Schwärme. Und jetzt hält es kein Mensch mehr auf dieser verdammten Insel aus – kaum stehst du auf der Erde, schon laufen sie dir über Hände und Füße, beißen und stechen.

Einerseits wusste Ryna, dass es hier keine menschenfressenden Ameisen gab, weder rote noch Treiber, noch Termiten. Andererseits war sie es gewohnt, dass alles auf die eine oder andere Art so ausging, wie die Daroschka es sagte. Niemand hatte Orka je gefunden, niemand würde Alounikau je finden. Ryna schob ihn auf ein Stück dickes Zellophan, mit dem das Brennholz und der Müll abgedeckt gewesen waren, und zog ihn dorthin, wo Paschkas Grube endete. Hier wurden geschnittene Wildäpfel aus einem Waldstück, Schutt und Müll entsorgt. Während sie Alounikau hinunterzog, nippte Ryna noch einmal an ihrer Flasche. Darin war sechzigprozentiger Schnaps aus Frostäpfeln. Ein Schluck davon – und du bist eine Löwin.

* * *

Die Erinnerungen flackerten durch ihren Kopf, während sie zum Haus der Goldlibelle lief. Sie betrat es, ging durch den Flur und die Küche und blieb im Wohnzimmer stehen. Am Kachelofen saß, im grauen Pullover dem Partisanen ähnelnd, der bei Wopin aus dem Wald tritt, Alounikau. Ryna setzte sich auf die Bank am Fenster. Sie schwiegen.

– Was hast du mir damals eingeschenkt?

– Distelsaft, oder Altherrentrunk. Ein Gift für alte Ehemänner. Es wächst hier jetzt nicht mehr, du hast den allerletzten bekommen. Weiß deine Mutter davon?

– Keiner weiß davon. Ich habe gewartet, bis sie Ihar aus Russland hergelockt hatten. Er gestand, und ich bin weg.

– Ich verstehe nicht, warum du nicht gestorben bist. Ich bin eine miese Meisterin.

– Vielleicht, weil ich weder Ehemann noch alt bin.

– Nein, weil solche wie ihr einfach nicht totzukriegen sind.

Er schwieg.

– Ich habe sie nicht erschlagen. Das waren Ihar und Illja. Wenn ich mal jemanden erschlagen habe, dann nicht sie. Aber ich wollte auf niemanden mit dem Finger zeigen.

– Was gedenkst du nun mit mir zu tun?

– Ich würde gern ein bisschen nicht schlau werden aus dir. Du passt zu mir.

X.
DIEB, TRUNKENBOLD
UND JUNGFRAU

Sie lebten in der schwarzen Hälfte, abgeschieden und leise.
Ryna arbeitete in der Bibliothek und im Klubhaus, gleichzeitig
versuchte sie, die Hefte der Drumeben zu entschlüsseln. Der
Kopierstift hatte stark unter Feuer und Feuchtigkeit jener
Nacht gelitten, als Pawel und Maria die Hefte auf den Müll getragen hatten. Es gab immer wieder Abschnitte, die Ryna lange
und geduldig wiederherzustellen versuchte. In einem der Hefte
fand sie einen kleinen Zettel, der nicht in Daroschkas Hand-
schrift beschrieben war. In ordentlichen, leicht zur Seite ge-
neigten Buchstaben hatte Orka Barenboim geschrieben, dass
die Dabrawolska-Schwestern, nach dem Aufstand und der
Niederlage bereits Trauer tragend, zum Amt gingen und ihre
Gutshäuser eintragen ließen als Aredeber und Sapater. Wenn
ihr alte Karten des Lipjener Landes in die Finger bekommt,
auch wenn es nur die Meliorationspläne von Subarewitsch und
Shylinski sind, werdet ihr dort beide Gutshöfe verzeichnet finden. Jadwigas Are Debere und Lucynas Zapatero. Die Fräulein
beherrschten Latein und Spanisch und benannten ihre Höfe,
um Zeichen und Losungen weiterzugeben. Die Russen sollten
sie nicht verstehen, die eigenen aber irgendwann schon. *Are
Debere* – sei wachsam. Du bist verpflichtet. Und *Zapatero en su
silla, rey de Castilla* – der Schuster auf seinem Stuhl ist der Kö-
nig von Spanien. Und wer hat eure Zeichen entdeckt, Lucyna
und Jadwiga? Orka, ein gehetzter Jude, und Ryna, Nichtsnutz

und Säuferin? Nichts hält sich hier, nichts, ganz egal, ob die Erde morastig oder ausgetrocknet ist. Alles geht zugrunde, Orkas Aufzeichnungen, Mosches Papiere, die Anilinhefte der Drumeben und Rynas Gedichte.

Eine Sache aber fischte Ryna aus den Heften heraus – die Quelle, die »ein Dieb, ein Trunkenbold und eine Jungfrau« ausgraben werden. Nur, wo sollte man suchen? Ryna versuchte es mit Herumfragen, aber niemand erinnerte sich. Was für eine Dummheit – sich an irgendeine Quelle erinnern, wo der ganze Boden als schwarzer Torf durch die Luft fliegt und nie etwas tragen wird?

An Bartholomä erblickte sie beim Holzschuppen einen seltsamen Vogel. Sie sah genauer hin – ein Rabe! Nur war er grau und so zerzaust, dass man den Raben in ihm kaum erkannte. Die grauen Federn ließen ihn aussehen, als trüge er einen Gehrock und Buxen. Fliegen konnte er offenbar nicht mehr.
   – Wenn du bei mir in Aredeber leben möchtest, sagte Ryna, würde ich nicht schlechter für dich sorgen als für die Alten in Darmstadt. Ich bin es gewohnt. Ich würde im Internet nachschauen, womit man dich füttert. Meine Urgroßmutter hatte einen Ziegenmelker.

   – Tod, Tod, sagte der Rabe und neigte den Kopf zur Seite.
   Raben werden dreihundert Jahre alt und haben in ihren Köpfen eine reichere Karte der Tode als Ryna, die ihre Karte von Marjanka und Darfeja übernommen hatte, so dass es fremde, entstellte Erinnerungen waren. Zudem betrachtete Ryna alles vom Boden aus, der Rabe aber aus dem Himmel.

Ryna meinte, dass auch für den Alten die Zeit gekommen sei, aber nein. Schwerfällig, tief und wackelig erhob er sich in die Luft, flog ein wenig und landete wieder, als fordere er Ryna auf, ihm zu folgen. Sie lief ihm also nach und bedauerte, dass sie ihn wohl gleich auffangen und versorgen musste. Wozu das alles, sollten doch die Dinge ihren geordneten Lauf nehmen – für ihn war es Zeit zu gehen, dieser Corvus corax hatte seine dreihundert Jahre gelebt. Doch Ryna lief und lief und lief, um schließlich, nachdem sie den Wall zwischen den Sümpfen, den alten Obstgarten und den Wald passiert hatte, in Paschkas Grube hinabzusteigen, jenen Ort, an dem jedes Jahr die Reizker wuchsen. Diesmal stolperte Ryna über Knöchelchen direkt ins Wasser. Woher kam hier plötzlich Wasser? Daher. Am Grund der Grube sickerte zwischen zwei Steinen Wasser hervor, sauber und klar. Wohin der Rabe verschwunden war, wusste sie nicht mehr. Das war auch nicht wichtig. Er hatte ihr geholfen, den Weißen Pfahl zu finden, nun war es Zeit für ihn fortzugehen. Nachdem sie einen Spaten und Speck mit Brot geholt hatte, grub Ryna, sie grub und grub wie ein gigantischer Maulwurf, und stieß schließlich auf ein Stück roten Granit aus Mikaschewitschi mit halbverwischten Buchstaben (es war hoffnungslos mit den Aufschriften auf Mikaschewitscher Granit, sie hielten nie). Was man noch entziffern konnte, war »inder«. Lindermanns Brunnen.

Ryna steckte den Spaten in die Erde und lief zu Alounikau. Zu wem sollte sie hier sonst auch gehen. Es war zu früh, den Staat in diese Angelegenheit einzubinden, er würde nur alles verderben. Wir machen alles unter uns aus.

Alounikau hörte sie verwundert an.

– Du willst, dass ich mit den Händen dort Steine wuchte? Hältst du mich für dumm? Was habe ich davon?

– Ich will, dass du den alten Traktor hinbringst, geht das? Du hast doch Landwirtschaft studiert.

– Das geht schon. Welchen alten Traktor?

– Wir holen Paraskas Rübezahl heraus.

– Diese Paraska ist doch bestimmt schon verwest, zusammen mit ihrem Rübezahl.

– Lass uns nachschauen gehen.

Paraskas Urenkelin staunte nicht schlecht, dass jemand die Alte besuchen kam. Alounikau und Ryna zogen die Schuhe aus und gingen über gewebte Bahnen ins kalte Hinterzimmer, wo Paraska, klapperdürr und in dunkle Margariten des Todes gekleidet, unbeweglich auf ihrem Bett saß, zwischen Kissen in bestickten Bezügen. Ihre Finger glichen den Zinken einer Kartoffelharke, die Hände ruhten unbewegt auf dem schwarzen Rock. Paraska kleidete sich jeden Tag an, setzte sich auf das festlich hergerichtete Bett und wartete darauf, dass Gevatter Tod endlich bei ihr hereinschaut. Ryna räusperte sich und sagte laut:

– Grüß euch, Mütterchen!

– Was schreist du so? Ich bin blind, aber nicht taub.

Ryna nannte ihren und dann Alounikaus Namen, dann formulierte sie ihre seltsame Bitte.

– Ohne mich kommt er nicht aus der Scheune, gab Paraska schroff zurück. Wenn ihr mich mitnehmt, kommt auch der Traktor raus.

Und so setzten sie sich auf den Rübezahl und rumpelten, durch Kieswege und Waldschneisen schnarrend, zu Paschkas Grube. Alounikau saß am Steuer und quietschte vor Vergnügen, Paraska, Gottes Pusteblume, saß neben ihm und lauschte ergriffen dem geliebten Getucker, Ryna hing an der Außenseite und klammerte sich am Geländer fest.

– Die Seilwinde habt ihr, fragte die Alte.

– Alles haben wir.

– Ich werde ziehen.

– Ihr seht doch nichts, ihr seid alt und blind, riet Ryna ihr ab.

– Ich bin drei Jahre jünger als du, erwiderte Paraska schroff.

Es gelang ihnen nicht, alle Steine herauszuziehen, weil irgendein eifriger Streber Unmengen davon aufgetürmt hatte und das Trüppchen mit dem Traktor zu schwach war. Dennoch sprudelte der Weiße Pfahl nun richtig. Sie setzten sich neben den Rübezahl und schauten hinunter, die Alte schlief auf dem Eisenstuhl ein.

– Kannst du einen Brunnenkasten bauen, fragte Ryna. Einfach wird's nicht, der Brunnen liegt jetzt in der Senke. Außerdem wird die Obrigkeit bald hier auftauchen. Aber was wissen die schon. Die haben den Weißen Pfahl schon mit Steinen, Balken und sogar Kindern zugeschüttet. Aber wir haben ihn wieder freigelegt.

– Und was wirst du nun mit ihm machen, fragte Alounikau.

– Ich weiß es noch nicht. Vielleicht trete ich zur Herbstkirmes auf die Bühne und sage: Der Weiße Pfahl sprudelt wieder. Vielleicht werde ich einfach Münzen, Äpfel und Sonnenblumen herbringen. Und deine Mutter wird mich beäugen und fragen: Wohin gehst du mit diesen Äpfeln? Und ich werde sagen: Der Weiße Pfahl hat sich wieder geöffnet. Willst du deinen Feuerklumpen und die anderen Teufel loswerden? Bring ein Tuch oder Geld hin. Tanja wird in den Laden gehen, Nihora alles erzählen, und Nihora wird das ganze Dorf anrufen. Aber vielleicht braucht auch niemand mehr die Quelle Weißer Pfahl. Dann wird das Wasser die Paschka-Grube füllen, und hier entsteht ein Sumpf, die Frösche werden quaken und die Nachtigallen singen, vielleicht kommen auch die Wetterfische zurück? So wie früher wird es nie mehr werden, aber Menschen gibt es hier immer weniger, der Wald und der Sumpf aber rücken vor und vor …

– Mach dir keine Hoffnungen. Wenn sie erst das Kalikombinat ausschachten, wird es wie in Salihorsk – bergige Landschaft, salziges Wasser, Äpfel, Birnen und alles – versalzen.

– Na ja, irgendwie wird es. Weißt du, was meine Großmutter gesagt hat? »Die heilige Quelle, die ein Trunkenbold, ein Dieb und eine Jungfrau ausgraben«, antwortete Ryna.

– Hm, Dieb und Trunkenbold sind klar. Aber wer ist hier die Jungfrau?

– Ich bin die Jungfrau, ließ Paraska von oben hören. Ich war vor 79 Jahren verheiratet, und auch da nur zwei Jahre lang. Das ganze Leben mit dem Traktor. Salejka, du bist zwar ein Mörder, aber an der Macht ein großer Mensch. Sag ihnen doch, sie sollen mir den Rübezahl aufs Grab stellen? Oder wenigstens hinter den Friedhofszaun?

XI.
EPILOG

Ryna spaziert über den kleinen Zentralplatz von Lipjen. In ihrer Tasche klirrt die Mosel an den Rhein. Jetzt musste man nirgendwo mehr hinfahren, deutschen Wein gibt es im Überfluss. Meist kaufte Ryna aber gewöhnlichen Schankwein aus Aronia oder Johannisbeeren, hiesigen, an der Ecke, an der einst das Ghetto endete und der Abhang zum Aros begann. Jetzt war dort das Geschäft *Kristall* mit zwei Zapfhähnen – aus dem einen floss Aronia, aus dem anderen Johannisbeerwein. War das nicht das Paradies? Ryna besuchte die Gedenktafel für Rabbi Mosche Fajnschtajn und trank auf ihn und Orka. Ob es Gotteslästerung war, deutschen Wein auf ihr Wohl zu trinken? Letztlich hatte Mosche selbst gesagt, das Studium des Talmud gleiche einem Weinrausch.

An Lenin im Mantel vorbei geht Ryna zur Ehrentafel des Kreises hinüber. Wie eine Harmonika steht sie zwischen Blumenkästen mit Rosen und Zinnien. Da sind sie alle wieder beisammen. Pawel Padsjarycha, Silwestar Schardyka, Jaustrat Lasewulkin, Harasim Harwata, Praskouja Trachimowitsch. Alle Helden.

Die Tafel krönt ein Wappen. Darauf zwei goldene Arosvögel mit schwarzen Köpfen vor goldenem Schilfrohr. Der himmelblaue Hintergrund steht für den wahren Reichtum des Landes – Flüsse, Sümpfe und Seen. Der untere Teil ist rot – die Farbe der Alelkawitschs, und golden – die Farbe der Radsiwills. Gäbe mir jemand die Möglichkeit, mein Wappen wäre schwarz-rot: Moor und Blut.

Aus Lipjen kommst du nach 18 Uhr nicht mehr weg, wenn du kein eigenes Fahrzeug hast – Fuhrwerk, Moped, Fahrrad oder Auto. Lipjen schläft, den breitstirnigen Schädel auf die Pfoten seiner Straßen gebettet. Die Ruhe durchbricht nur das fürchterliche Krachen eines Moped-Monsters, zusammengebaut, so scheint es, aus einem Rübezahl und einer Mähmaschine. Das Monster bremst ab, Ryna nimmt den ersten Schluck von der Liebfrauenmilch und reicht die Flasche dann Alounikau.

XII.
SIEBEN TODE

In der Woche nach Darafejas Beisetzung gab es tatsächlich sieben Todesfälle. Und alle waren schwerwiegend, alle Männer.

Sascha Bulat, 58 Jahre, genannt Bullauge, wurde von seiner Mitbewohnerin Nina Schwarzwitwe getötet. Sie hatte schon drei Ehemänner unter die Erde gesoffen, und alle hatten Bullauge gewarnt: »Da gerätst du in was hinein – sie verschluckt dich und spuckt die Knochen einzeln aus!« Bullauge schenkte ihnen keine Beachtung. Er brauchte einfach irgendeine Frau, und die Schwarzwitwe bemühte sich, half ihm beim Bewachen des Korns und der Speicher, wusch, fegte, putzte, kochte und kaufte sogar noch Schnaps. Doch eines Nachts bemühte sie sich etwas zu sehr und brach Bullauge mit der Flasche den Schädel. Noch in der Nacht zog sie mit ihrer Schwester den noch lebenden Bulat in einen der hinteren Speicher, schob ihm ein Kissen unter, deckte eine Decke über ihn und ging weg. Dachte sich, der wird schon wieder. Sie bezahlten drei Tage lang in den Geschäften mit seiner Karte. Die Polizei gab allen auf den Hintern, weil Bulat erst nach drei Tagen gefunden wurde. Ein Mensch war im eigenen Dorf bei der Arbeit gestorben, und niemand hatte ihn auch nur gesucht.

Wowa Plyscheuski, von der Ehefrau aus Salihorsk wegen Trinkerei rausgeworfen, soff in seinem Elternhaus ein halbes Jahr am Stück und heizte den Ofen mit den Dielen. Der Sanitäter

Lapotka hatte ihn gewarnt: »Zu mir, Plyscheuski, kommen Sie nicht betrunken. Wenn Sie nicht aufhören zu trinken, sterben Ihnen noch vor dem Frühling die Beine ab.« Am Neujahrstag war er mit der Topfgabel herumgegangen, wobei er sich überall abstützen musste, und hatte in den Häusern um Speis und Trank gebeten, am Weihnachtsabend waren seine Beine dann schon abgestorben. Er schleppte sich zum Tisch und setzte sich ans Fenster. Auf der Straße waren Leute, Wowa klopfte ans Fenster, doch niemand hörte es. Ihn fand man schnell. Als ihn zwei Tage lang niemand mit dem Krückstock auf der Straße gesehen hatte, wussten sie, dass Wowa gegangen war.

Shenja Malej, 34 Jahre, bekam von seinem Stiefvater zwei Messerstiche in die Brust. Der alte Tscherkas hatte sein ganzes Leben in Gefängnissen zugebracht und wusste zu prügeln. Bei Shenja und dessen Mutter hatte er sich niedergelassen und hätte satt, still und gut leben können, seine Natur aber ließ ihn nicht. Er schlug die Mutter, er schlug Shenja. Beide ertrugen es und zogen jede Anzeige zurück. Bis Tscherkas zu Weihnachten vollständig zum Tier wurde, Shenja einen »Bastard« schimpfte und Walja eine »Hure«. Shenja stand auf, um die Mutter zu verteidigen. Und fiel sogleich. Der alte Tscherkas kam zwar in sein Heim, das Gefängnis, zurück, doch irgendetwas passte ihm diesmal nicht, also hängte er sich auf.

Kolja Lemesch, 48 Jahre, Junggeselle mit Spitznamen Plinse, ein stiller Mensch mit gutem Benehmen, trank maßvoll mit sich selbst und starb auch still und maßvoll. Brachte der Kuh Heu mit der Mistgabel und deckte sich mit diesem Heu auch zu.

Ein junger Kerl aus Lipjen fuhr betrunken aus dem Puff nach Hause und zerbarst an einem Stein am Abzweig nach Nauhalnaje.

Slawa Sbaranouski war der Einzige, der niemals trank. Er hatte einen Herzfehler, blaue Lippen und Finger. Er hatte sich seit seiner Jugend geschont und kuriert, heiratete, zog Kinder auf und starb in Lipjen im Krankenhaus, auf weißen Laken.

Der erhängte Hund im Erlengestrüpp aber tat nichts zur Sache. Ein Hundetod zählt hier nicht.

9. Januar 2009 – 18. September 2019